황룡난신

FANTASTIC ORIENTAL HEROES
일황 新무협 판타지 소설

황룡난신 1
일황 新무협 판타지 소설

초판 1쇄 찍은 날 § 2012년 1월 9일
초판 1쇄 펴낸 날 § 2012년 1월 16일

지은이 § 일 황
펴낸이 § 서경석

편집부장 § 권태완
편집책임 § 박우진

펴낸곳 § 도서출판 청어람
등록번호 § 제1081-1-89호
등록일자 § 1999. 5. 31
어람번호 § 제2-2194호

주소 § 경기도 부천시 원미구 심곡2동 163-2 서경B/D 3F (우) 420-822
전화 § 032-656-4452 팩스 § 032-656-4453
http://www.chungeoram.com
E-mail § chungeoram@chungeoram.com

ⓒ 일황, 2012

ISBN 978-89-251-2741-5 04810
ISBN 978-89-251-2740-8 (세트)

※ 파본은 구입하신 서점에서 교환하여 드립니다.
※ 저자와 협의하여 인지를 붙이지 않습니다.
※ 이 책은 도서출판 청어람과 저작자의 계약에 의해 출판된 것이므로,
 무단 전재 및 유포·공유를 금합니다.

황룡난신 黃龍亂神

①

일황 新무협 판타지 소설
FANTASTIC ORIENTAL HEROES

目次

서장.	깨어나다	7
제1장	그래, 저 새끼로 증명하면 되겠네	13
제2장	황룡문을 욕하고 능멸한 놈들, 당연히 벌을 줘야지	37
제3장	천하제일문, 내가 노친네랑 대사형의 꿈을 이루어줄게	59
제4장	그걸 믿냐? 살려주긴 개뿔이	83
제5장	흑령문이 뭐하는 곳이냐?	111
제6장	반로환동, 정확하진 않지만 그 비슷한 거	133
제7장	이 정도면 충분한가?	157
제8장	내가 맹수가 되어야 하는구나!	175
제9장	우리 앞에 나타나 줘서 고맙습니다	199
제10장	검선이 죽을 거니까	227
제11장	뭐라는 거야, 이 미친 놈이. 말을 할 거면 똑바로 해	243

서장. 깨어나다

어둠이 안개처럼 퍼져 있는 곳, 암혈(暗穴).
깊이 뿌리를 내린 나무뿌리 사이로 얼마간의 빛이 비집고 들어오기는 하지만, 그 빛은 암혈을 밝히기에는 너무도 미약했다. 간신히 사물을 분별할 수 있을 정도의 빛.
그리고 그 암혈에 죽은 듯 누워 있는 사내 하나. 눈을 감고 있어 깊이를 측량할 수는 없었으나 콧날이 오뚝하고 턱선이 굵은 것이 사내다웠다.
또한 눈썹은 짙어 그의 사내다움을 한층 진하게 해준다. 하나 사내다움을 반감시키는 것이 있다면 백색으로 죽어버린 그의 피부일 것이다.

혈기가 돌지 않는 것인지, 너무 오랫동안 빛을 쬐지 못하여 피부가 변한 것인지는 알 수 없으나 그 피부색은 그의 사내다움을 조금 반감시켰다.

언뜻 보면 긴 머리와 함께 여성처럼 보이는 모습. 여성의 형과 남성스러움이 한 사내의 몸에서 동시에 공존하고 있다.

츠츠츠츠츠―

어디선가 들려오는 기이한 소리. 소리는 사내의 아랫배에서 시작되어 온몸으로 퍼져 나간다.

그리고,

풀썩―

사내의 배가 한순간 허공으로 높게 뛰어올랐다 내려왔다. 그리고 그 현상은 계속해서 반복되고, 이윽고 배뿐만이 아니라 가슴 역시 널을 뛰기 시작한다.

배가 올라오면 가슴이 내려가고, 가슴이 올라오면 배가 내려간다.

가슴과 배가 연달아 허공으로 뛰어오르고, 사내의 몸 역시 계속해서 허공으로 솟구쳤다 내려오기를 반복했다.

단전에서 일어난 기운이 사지백해를 누비고, 거의 뛰지 않는 그의 심장을 깨웠다.

심장에서 일어난 피는 온몸을 순회하며 그의 혈색을 조금씩 회복하기 시작한다.

백짓장 같은 그의 온몸에 피가 돌기 시작하자 조금씩 혈색이 돌아왔다.

물론 여전히 백옥 같은 피부는 마찬가지였으나 백짓장은 아니라 할 수 있을 정도. 온몸으로 기와 피가 순환하고, 마침내 그것들이 온몸의 육본(肉本:세포)을 일깨운다.

감각이 살아나고, 사내가 천천히 눈을 떴다.

번쩍―

한순간 밝기를 측량할 수 없는 안광이 사내의 눈에서 뿜어졌다. 그리고 단번에 그의 눈 속으로 다시 갈무리된다.

사내가 눈을 뜨자 몸은 더 이상 널을 뛰지 않았다. 마치 주인의 복종하에 들어간 것처럼 조용하고, 사내는 눈을 굴려 사방을 조용히 살폈다.

그리고는 팔로 바닥을 짚어 몸을 일으킨다.

자리에서 일어난 사내의 키는 꽤 컸다. 육 척 장신에 조금 못 미치는 정도였다. 암혈 밖의 다른 사내들에 비교하면 컸으면 컸지 절대로 작은 체형은 아니었다.

허리까지 내려온 머리가 그의 손등을 간질였다.

사내는 길어 내린 머리를 바라보고는 자신의 의복에 묻은 때를 한차례 탁탁 털어낸다.

하지만 꽤 오랫동안 때가 낀 듯 옷에 스며든 때는 쉽게 빠져나오지 않았다. 사내는 고운 아미를 찌푸리며 먼지를 털었으나 역시 빠지지 않기는 마찬가지. 한참 의복을 털던 그가 행동을 멈추고 암혈 한구석에 놓여 있는 검을 집었다.

나무로 만든 검갑에 조용히 납검되어 있는 검. 사내가 검병을 가볍게 만졌다.

검병에서도 돌가루와 먼지가 후두두 떨어져 내리고, 운두 끝에 달려 있던 수실은 낡아 금방이라도 끊어질 듯 덜렁거렸다.

사내가 검을 뽑아 들었다.

기억에 의존하면 분명 맑은 검명을 울리며 뽑혀 나와야 할 검. 하지만 쇠를 긁어내는 듣기 싫은 소리가 나며 검이 억지로 뽑혀 나왔다.

끼이이이익—

뽑아낸 검에는 녹이 한가득 슬어 있었고, 사내는 그 녹을 보고는 표정을 찌푸렸다.

"젠장."

사내는 검집을 들어 검날을 툭툭 때렸다. 그러자 완전히는 아니지만 어느 정도의 붉은 녹이 바닥으로 떨어져 내리고, 검면에 음각된 문양이 모습을 드러낸다.

꿈틀거리는 용의 형상. 용이 모습을 드러내자 사내가 만족했다는 듯 미소를 씨익 지어 보이고는 주변을 휙휙 살폈다.
그리고는 뒷머리를 긁으며 중얼거렸다.
"너무 오래 잤나?"

황룡난신

 아래로는 사천(四川)과 호북(湖北)이 있으며, 좌우로는 각기 감숙(甘肅)과 산서(山西), 하남(河南)이 위치한 곳 섬서(陝西). 그곳으로 향하는 자운의 발걸음은 가벼웠다.

 길게 기른 머리는 정리되지 않은 채로 지저분하게 산발되어 허리에 걸려 있고, 머리칼 아래쪽 허리에는 검갑이 통째로 덜렁덜렁 달려 있다. 또한 옷은 허름할 뿐만 아니라 이곳저곳에 구멍이 나 있어 그야말로 누더기 그 이상도 이하도 아니었다.

 그의 걸음이 향하는 곳, 그 끝에는 무림에서도 알아주는 문파가 위치하고 있었다.

자운이 자랑스럽게 그 이름을 중얼거렸다.

"황룡문(黃龍門)."

무려 이백 년을 이어온 유구한 역사를 가진 문파, 그리고 당대의 천주오존(天柱五尊)이 문주로 있는 문파다.

천주오존, 하늘의 기둥과도 같은 다섯 명의 절대고수를 이르는 말로서 그중 일인인 황룡검존이 바로 황룡문의 문주다.

과거 섬서에서 일어나 섬서무림을 핍박했던 마화당을 폐퇴시킨 주역이기도 하며, 그로써 이름을 드높인 황룡검존과 황룡문. 자운이 황룡검존의 당당한 모습을 생각하며 중얼거렸다.

"사부님……."

그렇다. 놀랍게도 이 거지 꼴을 하고 있는 자운의 스승이 황룡검존이었던 것이다.

황룡검존 함선소. 그는 모두 여섯의 제자를 두었는데 그중 세 번째 제자가 바로 자운이었다.

"내공은 충분히 쌓았으니 소기의 목적은 달성했다고 봐도 되겠지."

그 때문에 폐관에 들었던 것이다.

무공을 이해하고 몸으로 익히는 재능은 천고에 다시없을 기재, 그가 바로 자운이었다.

자운 역시 그것을 알고 있었다. 하지만 천재에게도 한 가지 부족한 것이 있었다.
 "내공이 부족했지. 아니, 이 빌어먹을 몸뚱이 때문에 내공이 쌓이는 게 지독하게도 느렸지."
 천형. 그래서 폐관에 들었고, 귀식대법을 이용해 새로운 심법을 만들었다. 온몸을 가사 상태로 만들고, 그 의지를 모두 단전으로 집중해 내공을 쌓았다. 본디 내공을 주천하는 것은 의지에서 일어나는 바, 온몸을 움직이던 무의식의 의지를 단전으로 옮기자 내공이 쌓이는 속도가 급격하게 늘어났다. 그의 몸은 줄곧 가사 상태에 빠져 있었고, 자운의 내공 역시 만족할 만큼 쌓였다.
 '그보다 이 구석에 있는 건 뭐지?'
 내공이 늘어났음에 만족해하며 다시 의지로 내공을 주천시켜 보던 자운은 단전의 구석에서 이상한 것을 발견했다.
 무언가 단전에 꽉 자리를 잡고 있는데 해로운 기운은 아니다. 분명 내공과 같은 성질의 것임은 분명한데, 내공과 같이 의지로 움직이지 않았다.
 몸에 딱히 해가 될 것이 없어 그대로 내버려 두고 있지만, 자기 몸속에 있는 것인 만큼 궁금한 것은 어쩔 수 없는 일이다.
 '뭐, 이건 나중에 시간을 내서 천천히 알아보도록 하고, 이

그래, 저 새끼로 증명하면 되겠네 17

제 황룡문이 보일 때가 되었는데?

 위풍도 당당하고, 그 모습마저 대문파의 형(形)을 하고 있는 황룡문의 모습. 외원의 담장은 좌우로 각기 백 장에 닿을 정도로 뻗어 있고, 정문은 하늘에 닿을 듯 높게 솟아 그 기둥을 황룡이 휘감고 있다.

 정문의 현판에는 용사비등한 필체로 황룡문이라 적혀 있다.

 자운이 마침내 고개를 들고 희망에 가득 찬 표정으로 황룡문의 현판을 바라보았다.

 그가 크게 소리친다.

 "황룡문!"

 그리고는 그가 이상하다는 듯 현판을 바라보았다.

 "근데 원래 우리 문파가 이렇게 생겼던가?"

 백여 장에 이르는 좌우로 뻗은 벽. 황룡이 휘감은 기둥과 용사비등한 필치로 그려진 현판. 자운이 다시 한 번 눈을 비비고 황룡문을 바라보았다.

 그리고 어설픈 글씨로 쓰여 있는 현판을 읽었다.

 "황(黃). 룡(龍). 문(門). 이상하다, 분명 여기가 맞는데?"

 자운이 고개를 흘깃흘깃 움직이자 벽의 끝이 눈에 보인다. 좌우로 뻗은 백여 장의 벽이 이렇게 쉽게 끝을 보일 리가 없다.

짧아진 것이다.

그리고 하늘로 솟구치는 두 개의 황룡. 황룡은 더 이상 황룡이라 부를 수 없을 정도로 부서져 있었다.

황룡의 어금니는 박살이 나 어디로 사라졌는지 알 수 없고, 비늘만 떨어져 나간 것이 아니라 황룡이 누군가에게 잡아 뜯긴 듯 온 곳이 움푹움푹 파여 있다.

용사비등한 글씨로 적힌 황룡문이라는 글씨는 오간 데 없고 평범한 글씨의 현판이 자운의 눈에 들어왔다.

"뭐가 어떻게 된 거야?"

의문을 가졌으나 외부에서는 알 길이 없다. 자운은 손을 들어 황룡문의 문을 밀었다.

목문의 경첩이 삐걱거리는 소리를 내며 녹 가루를 떨어뜨린다.

얼마나 오랫동안 기름칠을 하지 않은 것인지 경첩의 삐걱거리는 소리가 과했다. 귀를 거스르는 그 소리를 무시하며 자운은 황룡문 내부로 들어갔다.

황룡문에 한 걸음을 들여놓는 순간, 자운의 걸음이 그 자리에 못이라도 박힌 것 마냥 멈추어서 움직이지 않는다.

"문파 꼴이 왜 이래?"

자운이 입구에 못 박혀 선 채로 황룡문의 내부를 바라보았다. 당장에라도 낡아 무너질 듯한 건물들. 먼지가 꽤 오랜 세월 쌓인 듯 색이 바랜 지붕의 어느 하나도 자운의 기억 속의 모습과 일치하는 것은 없었다.

"내가 잘못 찾아온 건가?"

고개를 갸웃하며 밖으로 고개를 내밀어 현판을 다시 읽어 보았지만 분명한 황룡문이다.

자운이 황룡문 내부를 다시 한 번 둘러보고는 천천히 걸음을 옮겼다.

기억 속에 있는 창룡전(蒼龍殿)을 찾기 위함이다. 창룡전이란 황룡문의 문주가 기거하는 곳으로서 황룡문의 자존심이라 할 수 있다.

백 보쯤 걸음을 옮겼을까?

그의 기억 속에 있는 창룡전은 한참을 더 가야 보이는데, 고작 백 보 만에 창룡전이라는 현판을 달고 있는 누각이 모습을 드러내었다.

"이 건물이 창룡전이었나?"

그의 기억 속 창룡전은 삼백 개가 되는 계단을 올라가야 마주할 수 있는 곳이다. 결코 백 보 정도 걷는다고 눈앞에 도달할 수 있는 건물이 아니라는 말. 하지만 분명 쓰여 있는 글귀는 창룡전이었다.

"내 기억 속에 이 건물은 분명……."

이름은 정확하게 기억이 안 나지만 창룡전이 아니었다. 창룡전에 비하자면 훨씬 보잘것없는 건물. 자운이 낡은 목문을 밀었다.

목문은 금방이라도 부서질 듯 낡기는 했으나 누군가 청소를 한 듯 깨끗하다. 목문을 열고 들어가자 잘 정돈된 창룡전의 내부가 드러났다.

기억 속에 있는 문주의 집무실에 비교하면 아담한, 그래도 나름대로 잘 정리가 되어 있는 집무실. 자운은 집무실 안으로 천천히 걸어 들어갔다.

그 순간, 자운의 뒤에서 인기척이 느껴졌다.

"이놈이 이제는 창룡전에까지 발을 들였구나!"

주먹이 바람을 가르는 소리가 들렸다. 자운이 몸을 휙 하고 틀었다. 낡은 장포가 바람에 휘날리고, 자운이 손을 뻗었다.

뻗어진 손이 바람을 타고 자운을 향해 날아오는 주먹을 움켜쥐었다.

그리고 바람 터지는 소리가 나며 자운에게 주먹을 뻗은 녀석이 날아간다.

퍼엉—

날아가는 놈의 품에서 나무로 만든 패 하나가 떨어져 내렸다. 자운이 비호처럼 손을 움직여 패를 움켜쥐었다. 자운의 손속에 맞고 날아간 녀석은 등을 기둥에 찍은 후 바닥을 형편

그래, 저 새끼로 증명하면 되겠네

없는 모양새로 굴렀다.

"으윽!"

신음성을 흘렸지만 자운의 시선은 이미 그쪽을 향해 있지 않았다. 그의 시선이 향하는 곳, 그곳에 있는 것은 방금 전의 목패였다.

황룡이 입을 벌린 모습이 음각되어 있는 패. 황룡문의 이대 제자를 의미하는 패였다.

자운이 고개를 들었다. 그리고는 몸을 휙 움직여 방금 전에 바닥을 구른 녀석의 앞에 내려섰다.

그리고는 녀석의 얼굴을 찬찬히 살핀다.

이대제자 모두의 얼굴을 정확하게 아는 것은 아니지만 이 건 어느 정도 안면도 없는 얼굴. 지나가면서 본 적도 없는 얼 굴이다.

그가 폐관에 접어든 지 이 년 정도 되었으니 그사이에 이대 제자가 일대제자로 올라가고, 삼대제자가 새로운 이대제자로 올라왔을 리는 없다.

기간이 맞지 않는다.

자운이 그의 앞에서 패를 달랑달랑 흔들며 물었다.

"너 누구냐?"

다른 손으로 자운이 품속에서 여섯 마리의 황룡이 음각된 옥패를 꺼내며 물었다.

"그러니까… 십오 년 전에 정사대전이 일어났고, 그때 모든 황룡문도들이 죽었다는 말이지?"

자운이 과장스럽게 손을 흔들며 말했다. 과장스럽게 손을 흔드는 이유는 아직 현실을 받아들일 수 없기 때문이다.

고작 이 년 정도 폐관에 들었다 생각했는데, 생각보다 시간이 너무 많이 지난 모양이다. 자운이 손가락을 꼼지락거리며 도대체 몇 년이나 지난 것인지 추측해 보기 시작했다.

"젠장. 하나도 모르겠네. 그래, 그럼 문주님도 그 자리에서 돌아가신 거란 말인데……."

자운의 눈에서 한순간 맹수와 같은 기세가 일었다. 화악 일어나는 기세에 자운의 앞에 쪼그려 있던 녀석이 뒤로 벌렁 넘어졌다.

"으헉!"

우천(雨天). 고아여서 성은 없고, 황룡문의 이대제자라고 한다. 십오 년 전에는 나이가 너무 어렸기에 정사대전에 나가지 못했고, 지금은 이렇게 망해 버린 황룡문의 터를 지키며 살고 있다고 한다.

"문주님을 죽인 게 누구지? 말해."

황룡문의 문주라고 하면 자운의 스승 천주오존 황룡검존을 말하는 것이다. 당금 천하에 있어 황룡검존과 무(武)를 논할 자격이 있는 것은 손에 꼽을 정도. 그중 누가 스승을 죽였단 말인가?

자운은 당장에라도 찾아가 목을 베어버릴 듯 입술을 적셨다.

자운의 몸에서 한순간 뿜어진 광포한 기색에 우천은 입을 떨면서도 천천히 말했다.

"사, 사도천주(邪道天主) 풍천옥에게 일검을……."

"풍천옥?"

자운이 듣다 말고 물었다. 풍천옥과 사도천, 그것은 또 무엇이란 말인가?

자운이 기억하고 있는 사파 중 사도천이라는 세력은 없었다. 비슷한 이름을 말해보자면 사황성이다.

사황성주(邪皇姓主) 갈무기. 천주오존 황룡검존과 무를 논할 만한 현천삼야(玄天三夜) 중 한 명이고, 그라면 충분히 황룡검존을 상대할 만했다.

정사전쟁에서 목숨을 잃었다기에 갈무기에게 목숨을 잃은 줄 알았는데, 이건 또 무슨 듣도 보도 못한 녀석에게 목숨을 잃었다는 말인가?

'영감, 도대체 어떤 새끼한테 칼을 맞은 거야? 중독이라도 당한 거야?'

자운이 고개를 들어 하늘을 바라보았다. 푸른 하늘에 황룡검존의 모습이 그려지는 듯하다. 괜히 눈시울이 시큰거리는 것을 숨기며 자운이 다시 우천을 바라보았다.

"사도천은 또 뭐야? 사황성은 어떻게 되었고?"

자운의 말에 오히려 모르겠다는 표정을 지은 것은 우천이었다.

"사황성이요? 사황성은……."

우천이 말하다 말고 손가락으로 숫자를 헤아리듯 몇 번 접었다 폈다를 반복했다.

"사황성은 사황성주 갈무기가 죽으면서 벌써 이백 년 전에 망했는데요?"

자운이 그 말에 바닥을 때리며 일어났다.

"이백 년!"

입으로 크게 소리를 쳤다.

우천이 말하는 것을 미루어 짐작하니, 꽤 오래 폐관에 들어 있었나 보다. 아마도 무공을 변형시키다가 실패한 모양이다. 그 시간이 고작해야 십오 년에서 이십 년 정도라고 생각했는데 이백 년이라니!

무공을 만들던 게 실패해도 아주 크게 실패한 것이다.

자운으로서도 믿기 힘든 현실이었다.

"이백 년, 이백 년이란 말이지."

자운이 선 채로 미친놈처럼 중얼거렸다. 사실 인간의 몸으

그래, 저 새끼로 증명하면 되겠네 25

로 이백 년을 산다는 것은 무리다. 하지만 자운이 만든 내공심법은 귀식대법과 같은 효과를 가지고 있었기에 육본이 거의 늙지 않았다.

이백 년이라는 세월을 잠들어 있었지만, 그의 몸은 고작 이삼 년 정도 늙었을 뿐. 자운이 계속해서 무언가를 중얼거리자 우천이 자운을 향해 물었다.

"대사형께서는 어찌 이곳에 있는 겁니까?"

우천은 아직까지 자운이 이백 년 전 사람이라는 것을 잘 모른다. 안다고 해도 믿을지 모르겠다. 사실 이백 년 전 사람이라는 게 말이 되는가?

하지만 그래도 우천이 자운을 대사형이라 부르는 이유, 그것은 패 때문이었다.

자운이 보인 여섯 마리의 용이 음각된 옥패. 그것은 황룡문의 직전제자들에게만 지급 되는 패였다.

마지막으로 그 패를 받은 사람이 벌써 이십 년 전의 사람. 눈앞의 사람이 고작 이십대의 모습을 하고 있지만 아마도 약관을 훌쩍 넘은 나이일 것이다.

"음? 글쎄……."

자운도 멍하니 이백 년이라는 단어를 중얼거리다 우천의 말에 현실로 돌아왔다. 과연 이백 년 전 사람이라고 하면 믿을까?

대사형이 아니라 태사조, 혹은 태사숙조 그 이상이라고 하면 믿을까?

자운이 홀로 고개를 절레절레 흔들었다.

'그건 나라도 안 믿겠다. 젠장.'

어떻게 할까 고민하던 자운이 결론을 내렸다.

"무공의 성취를 위해 폐관에 들어 있었지. 그래서 그동안 세상 돌아가는 소식을 하나도 듣지 못했어."

말을 하며 내쉬는 한숨과 함께 고개를 절레절레 흔들자 더욱 그럴듯했다. 자운 역시 거짓말한 것은 없다. 폐관에 든 것은 사실이고 말하지 않은 것은 그 기간뿐이다.

자운의 말에 우천이 고개를 끄덕였다.

십오 년 전의 사건에 대해서도 알지 못하니 오랜 시간 폐관에 들어 있었음이 분명하다.

"자, 그런데 아까 네가 나를 처음 만났을 때 했던 말, 그건 또 뭐야?"

"처음 만났을… 때요?"

"그래, 내가 창룡전에 있을 때, 네가 처음 한 말. 그리고 문도들이 없는 건 둘째치고 문파는 왜 이렇게 작아진 거야? 창룡전은 왜 또 저리로 옮긴 거고."

우천은 자운과 처음 만난 곳을 생각했다. 열려 있지 않아야 할 창룡전의 문이 열려 있어 기이하다 생각했고, 이상하다 싶어 가보니 그 안에 자운이 있었다.
 그때 우천은 이렇게 소리쳤었다.

"이놈이 이제는 창룡전에까지 발을 들였구나!"

 우천이 그렇게 소리친 것은 자운이 흑우문에서 온 자인 줄 착각했기 때문이다.
 정사대전 이후로 무림은 아직 안정기에 접어들지 않았다. 그리고 여러 곳에서 흑도 문파와 백도 문파의 충돌이 일어났다.
 섬서 역시 마찬가지. 그중 황룡문이 자리 잡고 있는 상주(商州)는 흑도 문파가 득세한 곳이라고 보아도 무방하다.
 그런 곳에 있는 백도 문파 황룡문. 다른 흑도 문파들의 반발은 당연했고, 그중 황룡문을 압박하기 위해 행동에 나선 것이 흑우문이었다.
 흑우문은 여러 가지 수법으로 황룡문을 괴롭혔고, 지금 그들이 내세우고 있는 수법이 바로 황룡문의 부지를 매입하겠다는 것이다.
 몇 백 년이나 이어져 내려온 황룡문의 터를 흑우문의 새 건물을 짓겠다고 팔라고 하는 것이다.
 "실은……."

우천은 자운에게 그간의 사정에 대해서 설명했다. 아주 오랜 기간 폐관에 들어 있었던 자운이 현재 무림과 섬서무림의 정세를 잘 몰랐기 때문에 설명은 길어질 수밖에 없었다.

"그러니까… 주변에 사파의 개잡놈들이 많다는 거잖아."

우천의 말을 모두 들은 자운이 명쾌하게 정리했다.

자운의 말에 우천은 마지못해 고개를 끄덕였다. 사실 주변에 사파 문파가 넘치듯이 많으니 자운의 말은 틀린 것이 아니었다.

"그리고 그 사파의 개잡놈들이 황룡문이 약해진 틈을 타서 아예 세상에서 지워 버리려고 하는 것이고."

"예. 그리고… 놈들이 황룡문에 불까지 질렀습니다."

그 말에 자운의 목소리가 높아졌다.

"사파 개잡놈들이? 황룡문에?"

자운의 말에 우천이 황급하게 두 손을 흔들었다.

"물론 확실한 건 아니지만, 황룡문에 불이 나고 창룡전이 불타는 날, 흑우파 놈들을 봤다는 사람들이 있습니다."

자운이 손으로 흙바닥을 탕 하고 때렸다.

"그럼 놈들에게 죗값을 물어야지. 불을 지르고 지르지 않고는 중요한 게 아니야. 감히 대황룡문을 업신여긴 대가를 치러줬어야지!"

자운의 말에 우천은 눈을 동그랗게 떴다.

'대사형은 황룡문에 대한 자부심이 참 강하구나.'

그리고는 곧 씁쓸하게 고개를 숙이며 머리를 흔들었다.

물론 우천 역시 황룡문을 좋아하고 아꼈다.

고아였던 자신을 거두어준 곳이 황룡문이고, 무공을 가르쳐 줬을 뿐만 아니라 사람 대우를 해주었다.

어찌 그런 황룡문을 아끼지 않을 수 있을까.

하지만 황룡문을 아끼는 것과 자부심이 있는 것은 별개의 문제였다. 그가 철이 들기 시작할 무렵의 황룡문은 이미 기울 대로 기울어진 문파. 아끼고 사랑하지만 자부심은 없는 것이다.

우천이 고개를 절레절레 흔들며 말했다.

"황룡문에는 이제 예전과 같은 힘이 없어요."

자운이 손으로 우천의 등을 탁탁 두드렸다.

"이제 내가 돌아왔으니 걱정 마라."

자운이 허공을 향해 주먹을 흔들자 공기가 팡팡 하고 터져 나갔다.

눈에 보일 정도로 선명한 권경. 자운이 권경을 뿌리다 말고 우천을 내려다보았다.

"그래, 그냥 내친 김에 지금 당장 나가서 족치고 올까?"

자운이 두 팔을 걷어붙이며 밖으로 걸어나가려 했고, 그런 자운의 걸음을 멈추게 한 것은 또 다른 목소리였다.

"우 사제, 그 사람은 누구야?"

자운은 눈앞의 사내를 바라보았다. 우천과 같은 고아 출신의 황룡문의 일대제자라 한다.

이름은 검운산(劍雲山). 본래 고아 출신이라 성이 없을 줄 알았는데 태생부터 고아는 아닌 모양이다. 검(劍)이라는 흔치 않은 성씨를 가지고 있었다.

운산 역시 눈앞의 자운을 빤히 바라보았다. 일단 우천에게서 설명을 듣기는 했는데, 그리 신용은 가지 않는다.

무엇보다 삐딱하게 서 있는 모습이 마치 파락호와 같지 않은가.

'천 사제는 사람을 너무 잘 믿어서 문제지.'

운산이 자운을 빤히 바라보고, 자운도 운산을 빤히 바라보았다.

먼저 입을 연 것은 자운이었다.

"너무 멋진 대사형의 모습에 반했나? 그러지 마라. 나 남자한테는 취미 없다."

자운의 말에 우천의 미간이 좁혀졌다. 그리고는 격앙된 목소리로 말을 뱉는다.

"저도 남자한테 취미 없습니다. 그보다 나는 당신을 믿을 수가 없어요."

"나도 현실을 믿을 수가 없어. 황룡문이 이렇게 훌륭하게 개판이 되어 있다니, 이거 정말 문제잖아."

자운이 고개를 절레절레 흔들며 황룡문을 둘러보았다. 견적을 내보았는데, 쉽게 견적이 나오질 않는다.

운산이 버럭 소리쳤다.

"지금 그 말을 하는 게 아니지 않습니까!"

운산의 말에 자운이 발을 휙 하고 굴렀다. 그리고는 단박에 운산의 앞에 나타난다.

사라지는 모습은 호롱불이 바람에 꺼지는 듯했고, 갑자기 솟아나는 것은 용이 하늘로 승천하는 듯한 느낌이었다.

운산이 그것을 보고 소리쳤다.

"운해황룡(雲海黃龍)!"

황룡문의 보법 중 운해황룡. 황룡이 구름바다에서 노니는 듯한 보법으로서 먼지구름이 일어나며 모습이 구름 속으로 사라지듯 꺼졌다가 갑작스럽게 나타나는 것이 그 특징이었다.

그 증거로 자운의 뒤로 솟아나는 먼지구름. 자운이 휙 손을 휘둘렀다.

그의 손에서 바람이 일어 먼지가 단번에 날아간다.

"이봐, 나에게 증명을 하라고 하는데, 뭐로 증명하면 되지? 자, 무엇으로 증명을 해야 하는지 말해봐. 그리고 내가 증명을 한다고 해서 네가 믿을까? 네 사제처럼 쉽게 믿어 주면 고맙겠지만, 그런 건 아닌 거 같단 말이지."

자운이 다시 몸을 휙 돌려 운산에게서 멀어졌다. 그가 다가왔다 멀어지는 순간까지 운산은 숨 한 번 쉬지 못했다.

너무도 급작스러운 자운의 움직임에 말을 잇지 못한 것이다.

자운이 다시 멀어지자 운산은 침을 꿀꺽 삼켰다.

그리고 그 순간, 황룡문의 낡은 경첩이 흉측한 소리를 내며 뜯겨 나가고, 문짝이 그대로 넘어지며 누군가가 황룡문 내부로 들어왔다.

"어이, 이봐! 이제는 땅을 좀 팔 마음이 생겼겠지?"

석견은 나름대로 흑우파에서도 알아주는 무인이라 할 수 있었다. 행동대장 격의 무인, 그런 석견이 자기 부하들을 뒤에 세우고 앞서서 황룡문의 문을 발로 찼다.

낡은 문이지만 오늘 따라 유달리 삐걱거리는 소리를 내더니 단번에 부서진다.

"쯧."

그 모습을 보고 석견은 혀를 찼다.

'이렇게 문파가 낡아서야……. 그러니까 귀찮게 하지 말고 땅 팔고 좀 꺼질 것이지.'

그래, 저 새끼로 증명하면 되겠네 33

오늘도 땅을 팔지 않겠다고 우길 두 놈을 생각하니 석견은 괜히 속이 부글부글 끓었다.

황룡문이 날리는 문파였다고는 하나 그것은 과거 한때일 뿐, 이제는 스스로의 영역도 지키지 못할 정도로 호구스러운 문파라 할 수 있었다.

그러니 황룡문이 두려울 리 없다.

석견이 내부를 들여다보고는 크게 소리쳤다.

"어이, 이봐! 이제는 땅을 좀 팔 마음이 생겼겠지?"

석견이 그렇게 소리치자 가장 먼저 석견과 눈이 마주친 것은 우천이었다.

우천은 눈이 마주치자마자 보기 싫은 것을 봤다는 듯 인상을 쓰며 고개를 돌렸다.

그는 바닥에 못이라도 박힌 듯 고정되어 뒤를 돌아보지도 않았다.

"무시하는 거야? 그래, 오늘 땅을 팔 거야, 말 거야!"

석견이 허공에 주먹질을 해대며 험악하게 소리쳤다.

그런 그의 눈에 평소 못 보던 녀석이 들어왔다.

'응? 저놈은 뭐지?'

석견이 그렇게 생각했을 때, 자운과 그의 눈이 마주쳤다.

자운이 허리춤의 검을 검집째로 뽑아 들고 석견을 향해 씨익 웃어 보였다.

한쪽 입꼬리가 비틀려 올라가는 명백한 비웃음. 자운이 검집째로 쥐고 휙휙 휘두르며 우천의 어깨를 다른 손으로 잡았다.

그리고는 모두에게 들리도록 천천히 중얼거렸다.

"그래, 저 새끼로 증명하면 되겠네."

말을 하는 순간, 자운의 몸이 단번에 석견의 앞으로 이동했다. 그리고 검집이 허공에서 통째로 석견의 정수리를 향해 떨어져 내렸다.

第二章

황룡문을 욕하고 능멸한 놈들, 당연히 벌을 줘야지.

황룡난신

대강적인 사정을 들었으니 상황을 유추하는 것이야 어렵지 않다. 눈앞에 보이는 녀석이 어떻게 된 놈인지는 모르나 확실한 건 황룡문을 능멸한 녀석이라는 것이다.

번쩍하는 안광과 함께 자운의 손에 들린 검집이 움직였다.

그대로 수직으로 내리긋는 직도황룡(直道黃龍)!

황룡의 어금니부터 시작하여 앞발, 뒷발, 꼬리가 연달아 놈을 때리고 지나갔다.

단번에 이어지는 칠연격의 타격. 일곱 번 연달아 격타음이 울렸다.

그리고 단번에 석견의 몸이 바닥으로 처박혔다.

"으악!"

외마디 비명과 함께 바닥을 구르는 석견을 발로 뻥 차버리고는 자운이 검을 어깨에 걸쳤다.

그리고는 다리의 각도를 살짝 꺾어 자세를 잡았는데 그 자세가 사뭇 오만해 보인다.

자운이 이를 드러내며 씨악 웃어 보이고, 검을 겁집째로 허공에 휘둘렀다.

"잘 봐두라고. 이게 황룡문의 무공이지."

조용히 말했으나 운산과 우천의 귀에 자운의 목소리가 똑똑히 들린다.

그리고 직도황룡에 이어 여러 가지 황룡문의 초식이 그대로 모습을 드러내었다.

매끄럽게 이어지는 검결 속에 황룡이 노닐고, 황룡의 힘이 사방을 휩쓸었다.

검갑은 회전하며 구름을 불렀고, 황룡이 구름을 둘러 천지를 노닐었다.

"으아악! 내 팔! 내 팔!"

"다리, 다리가 부러졌어!"

검집째로 휘둘렀기에 잘려 나가는 일은 없었으나 대번에 팔다리가 뚜둑 하는 소리를 내며 부러진다.

그 시간은 그야말로 찰나. 자운은 쓰러진 흑우파 놈들 위에서 오만하게 자세를 잡았다.

"이만하면 증명이 되었겠지?"

자운은 무공으로써 증명하려 한 것이다. 황룡문도가 아니면 익히지 못하는 수준 높은 무공. 개중에는 우천과 운산이 상상도 하지 못한 초식도 있었다.

자운이 운산을 흘긋 돌아보고는 흑우파의 놈들을 발로 뻥뻥 차버렸다. 단순한 발길질에 일 장 이상을 날아가 처박힌다.

자운이 고개를 돌려 운산을 바라보았다. 자운의 신형이 흐릿해진다 싶더니 단번에 운산의 앞에서 솟구쳤다.

"증명이 더 필요한가?"

자운이 씨익 웃었다.

어찌 반박을 할 수 있을까!

그토록 완벽한 황룡문의 무공을 두 눈으로 보았는데 말이다. 운산은 감히 반박할 수 없었다. 어쩌면 마음 한구석에서 황룡문을 구해줄 희망과 같은 존재를 발견했다고 느끼고 있었을지도 모른다.

그런 그의 생각을 아는 것인지 모르는 것인지 자운은 그저 웃어 보이고 있을 뿐이다.

그 웃음에 운산은 아무런 말도 하지 못했고, 자운이 운산의 어깨를 잡았다.

"자, 이제 황룡문의 긍지를 보여주도록 하지."

운산의 귀를 향해 자운이 낮게 중얼거린다.

"안내해."

자운의 말에 운산은 도대체 어디로 안내하라는 거냐는 표정으로 자운을 바라보았다.

"나는 너무 오랜만이라 지금 여기 지리를 잘 모르겠거든. 그러니까 흑우파로 안내해."

자운이 이번에는 검집이 아니라 검을 뽑아서 휘두르겠다는 듯 황룡이 음각된 검을 반쯤 뽑았다.

낡은 검신에 빛이 난반사되었다.

"황룡문을 욕하고 능멸한 놈들, 당연히 벌을 줘야지."

* * *

자운의 자신감 넘치는 태도에 운산은 자운을 흑우파 앞까지 안내해 주었다. 그의 자신감이 운산에게도 알지 못하는 힘을 실어주었기 때문이었다.

하지만 흑우파의 문을 마주한 후에 운산은 생각을 바꾸었다.

꿀꺽—

침이 절로 삼켜지고, 식은땀이 턱선을 타고 내려와 목 아래까지 흘러내린다.

'한 손으로 열 손을 이겨낼 수 있을까?'

운산이 고개를 돌려 싱글벙글 미소를 짓고 있는 자운을 바라보았다. 일당백, 일당천의 무사가 있을 수 있을까?

그가 고개를 절레절레 흔들었다.

그런 이는 단 한 번도 본 적 없다.

"이, 이대로 괜찮은 겁니까?"

운산이 자운을 향해 묻자 자운이 예의 미소를 지어 보이며 씨익 웃었다. 자신감 넘치는 당당한 태도. 자운의 허리춤에서 검이 뽑혀 나온다.

스르릉—

낡은 검신에 빛이 난반사되고, 자운이 흑우파를 향해 뚜벅뚜벅 걸어갔다.

"잘 봐라."

자운의 좌수가 빛을 뿜는다. 황색의 빛이 자운의 손가락 끝에서 쏘아졌다.

단번에 날아간 빛은 흑우파의 정문을 지키던 무사들을 때렸다.

"크악!"

"캐액!"

지풍이 허공을 가르고, 놈들의 어깨를 그대로 관통했다. 그것으로도 모자라서 지풍은 놈들을 꿰뚫고 그대로 흑우파의 문을 날려 버렸다.

문이 날아가고, 문을 지키던 무사들이 흑우파 안으로 넘어지며 나뒹굴었다.

그 앞으로 자운이 천천히 걸어간다.

갑작스러운 소란에 흑우파의 무사들이 모여들고, 흑우파의 문주인 진삼이 거대한 덩치를 보이며 모습을 드러내었다.

그 옆에는 방금 전 자운에게 일 초에 나가떨어진 석견 역시 함께였다.

석견이 자운을 알아보고는 손가락으로 자운을 겨누었다.

"저, 저기 저놈입니다! 저놈이요!"

석견의 말에 진삼이 자운을 향해 미간을 좁혔다.

"여기가 흑우파 맞지?"

자운이 건들거리며 검을 이리저리 둘렸다. 그의 손에 들린 검이 장난감이라도 된 것처럼 움직이고, 진삼이 자운을 향해 고개를 끄덕였다.

"그래, 내가 바로 흑우파의 문주 진삼이다! 그러는 넌 누군데 백주에 남의 문파에 쳐들어와 이게 뭐하는 짓이냐!"

진삼의 말에 자운이 피식 웃음을 터뜨린다. 백주에 남의 문파에서 뭐하는 짓이냐고?

"그건 오히려 내가 물어야지. 너넨 나 없을 때 대낮에 황룡문에 찾아와서 뭐했냐? 응?"

자운의 말에 진삼이 옅게 신음을 흘렸다.

"으음……."

'황룡문의 제자인 모양이구나. 젠장, 조금만 더 하면 황룡문의 부지를 먹을 수 있었는데 저건 또 뭐야?'

진삼의 눈에 비친 자운의 모습은 그야말로 굴러온 돌. 굴러온 돌이 박힌 돌을 빼내려 하는 모습이었다.

"왜, 할 말이 없냐? 사실 나도 할 말은 별로 없어. 내가 온 이유는 이것 때문이거든."

자운이 낡은 검신을 다 보이도록 드러내며 진삼을 겨누었다.

"감히 대황룡문을 능멸한 죄, 그 죄는 목숨으로 씻어도 모자라다."

진삼은 냉정하게 자운을 평가했다. 놈의 실력이 제법인 듯 보이지만, 한 손으로 열 손을 당해낼 수는 없으리라.

거기에 흑우파의 고수들이 더해진다면 더욱 수월하게, 진삼 그 스스로마저 한 손을 거든다면 더더욱 수월하게 제압할 수 있으리라.

이것은 자운의 기도를 읽어내지 못하는 진삼의 실수라 할 수 있었다.

진삼의 몸에서 내력이 꿈틀거렸다.

"그렇다면 피차 할 말은 없겠군. 그렇다면 하나만 물어보지."

진삼이 허리춤에서 유엽도를 꺼내 들며 자운을 향해 말을 건넸다.

그의 말에 자운이 얼마든지 말해보라는 듯 고개를 끄덕였다.

"만약 네가 지면 어떻게 할 거지? 네가 죽으면 황룡문의 땅을 우리에게 넘길 건가?"

자운이 웃음을 터뜨렸다.

"그럴 일은 없겠지만 내가 죽는다면 얼마든지 그러도록 해. 그럼 내가 너희를 모두 죽이면 흑우파의 모든 땅과 이권은 우리 것이 되는 거겠지?"

이렇게 되면 일이 편해진다.

그냥 눈앞의 놈을 족쳐 버리면 되는 것이다. 돈을 주고 헐값에 황룡문의 부지를 매입할 생각이었는데, 헐값이라 할지라도 황룡문의 땅이 좁지 않아 고민이었다.

한데 이렇게 쉽게 접수하게 해주는 것이다.

진삼이 호탕하게 웃음을 터뜨렸다. 일이 편해진 것이다.

"으하하하하하하! 좋군! 좋아!"

진삼이 혀로 유엽도를 핥았다.

"좋군."

그리고는 살기가 진득하게 묻어나는 유엽도를 자운을 향해 겨누고 소리쳤다.

"죽여라!!"

"우와아아아아아아!"

손가락, 발가락을 모두 합친 것에 족히 배는 될 듯한 흑우파 문도들이 각자 무기를 빼 들고 자운을 향해 뛰어왔다. 사파의 잡졸들답게 통일된 무기를 가지지는 않았고, 대부분이 검이었으나 간간이 유성추와 같은 무기가 보이기도 했다.

그 기세가 섬뜩하여 운산과 우천이 뒤로 물러났다.

하지만 자운은 물러서지 않는다.

오히려 그들을 향해 한 걸음 다가갔다.

그의 몸에서 묵직한 기세가 솟구치고, 기세는 온몸을 덮고 검을 타고 흘렀다.

"불나방 같네."

자운이 검을 휘둘렀다.

그의 검에서 다섯 줄기의 경력이 솟구쳐 쏘아진다. 쏘아진 경력은 황룡이라도 된 양 꿈틀거리며 놈들을 때렸다.

콰앙—

단번에 땅이 뒤집어지는 충격이 퍼져 나가며 흑우파 문도 열이 날아갔다.

그리고 자운의 몸이 흔들린다.

그의 주변으로 흙먼지가 일어나고, 운산이 목격한 보법이 다시 모습을 드러낸다.

운해황룡(雲海黃龍)!

자욱한 흙먼지가 일어 마치 구름이라도 된 듯 자운의 주변을 덮었다. 자운이 검과 함께 모습을 감추고, 흑우파의 잡졸들은 아무것도 알지 못하고 흙먼지 속으로 들어왔다.

자운의 검이 허공을 가른다.

구름 속에서 황룡의 발톱이 모습을 드러내고, 황룡의 발톱은 기계적으로 흑우파의 잡졸을 갈가리 찢어놓았다.

쩌억 하고 가슴이 벌어지고, 피가 위로 튀었다. 자운의 옷에 튄 피가 묻을 법도 한데, 피가 떨어지는 순간 자운은 이미 그곳을 벗어나 있다.

일검즉살.

칼을 한 번 휘두를 때마다 한 명이 죽어 나간다.

처음에 보여준 수법을 쓴다면 단번에 모두를 처리할 수 있을 듯하나 자운은 내공을 아끼려는지 하나하나 따로 처리했다.

한데 그 모습이 보여주는 것은 무공 활용의 극치!

최소한의 힘으로 적을 베어 넘기는 것이다.

자운의 손에 자신의 부하들이 베여 나가자 진삼이 얼굴을 붉히며 문파의 장로들에게 소리쳤다.

"뭐해! 어서, 어서 저놈을 죽이라는 말이야!"

그의 명을 받은 장로들이 자운의 앞에 내려섰다. 자운이 눈앞을 막아선 흑우파의 장로들과 눈을 마주쳤다.

피식―

웃음을 흘리는 자운. 그 웃음에 장로들의 미간에 꿈틀 움직인다.

"이놈!"

자운이 맞받아쳤다.

"내 나이가 몇 살인 줄 알고 이놈저놈이냐! 이 개잡놈아!"

자운의 검에서 기운이 솟구쳤다. 그리고 검이 허공을 가르며 황룡의 움직임을 그린다.

흑우파의 장로들이 각자 무기를 빼 들고 자운의 검을 막았다.

거대한 패도가 자운의 검을 막으며 불똥이 튀고, 자운이 패도와 충돌하는 순간 뒤로 물러났다. 그리고는 단번에 검을 횡으로 휘두른다.

스악―

배가 통째로 잘려 나가며 놈의 내장이 아래로 쏟아졌다. 그 모습을 본 다른 장로들이 자운을 향해 소리치며 달려든다.

"이놈이 스스로 명을 재촉하는구나!"

자운이 검으로 쌍장을 막으며 말했다.

"그럼 살려줄 거였냐? 웃기는 개소리 하고 있네!!"

검과 쌍장이 충돌하고, 충돌한 장로가 뒤로 주르륵 밀려났다. 자운의 검에서 느껴지는 반발력이 적지 않았기 때문이었다. 장로가 신음을 흘렸다.

"크윽!"

'내력이 적지 않은 놈이다.'

자운의 모습이 어려 보여 내공이 일천할 것이라 생각했는데, 생각보다 반발력이 거대해 놀랐다.

장로들이 밀리는 모습을 보이자 초조해진 것은 진삼이었다.

"이익!"

진삼 자신 역시 유엽도를 휘두르며 자운을 향해 뛰어들었고, 동시에 세 명의 장로와 함께 자운을 압박했다.

세 방향에서 자운을 압박했으나 자운의 손은 어지러워질 기미가 보이지 않는다.

먼저 온 것은 먼저 제압하고 늦게 온 것은 늦게 제압한다.

공격의 시간차를 이용해 모든 공격을 제압하고 튕겨내며

자운은 여유롭게 놈들 사이를 노닐었다.

"이익! 뭐해! 족쳐! 족치란 말이야!"

자운이 여유롭게 말했다.

"그러다 니네가 족쳐지는 수가 있다."

자운의 검이 내력을 강하게 머금었다. 검기가 자운의 검에서 일어나고, 장로의 검을 그대로 잘라 버렸다.

댕강 하는 소리와 함께 잘려 나간 것은 장로의 검만이 아니었다. 장로의 몸이 피를 분수처럼 뿌리며 허공으로 날아올랐다.

"봐. 이렇게 족쳐진다니까."

하나가 죽자 자운은 더 여유로워졌다. 뒤에서 잡졸들이 간간이 공격을 해오곤 있으나 그것은 이미 문제가 되지 않는다.

자운은 여유롭게 공세들을 피하며 착실하게 적들을 줄여 나갔다.

그런 자운을 바라보던 운산과 우천의 입이 떡 벌어졌다.

실력이 있을 거라곤 생각했지만 이 정도의 고수일 거라고는 상상도 하지 못했다. 이건 그야말로 우천과 운산이 부러워하던, 대문파의 이름난 고수와 같은 모습이 아닌가?

그런 운산과 우천의 뒤를 향해 접근하는 놈이 하나 있었다. 본래 흑우파의 무사인데 뒤에 물러서 있는 운산과 우천을 인질로 잡으려 접근한 것이다.

하나 우천이 뒤를 돌아봄에 따라 그의 계획은 무산이 되었다.

"누구냐!"

우천이 검을 빼 들고 놈을 향해 겨누었다. 우천의 대응에 운산 역시 검을 빼 들었다. 상대도 우천과 운산을 향해 검을 겨누고 있다. 본래라면 위축되었겠지만, 지금 눈앞에는 황룡문의 고수가 있지 않은가!

그들에게 황룡문의 기상과 황룡문의 무공을 보여주는 이가 있지 않은가?

괜스레 마음이 설레고 자부심이 솟구쳤다. 나도 저렇게 될 수 있다.

황룡문의 무공을 갈고닦으면 나도 저렇게 될 수 있다! 그런 생각이 마음속 깊은 곳에서 솟구쳤다.

생각은 힘이 된다. 그들의 몸에 힘이 깃들었다.

자운이 그 모습을 보고 피식 웃음을 흘렸다.

'과연, 잘 따라주니 다행이군.'

생각했던 대로 우천과 운산이 따라온다. 홀로 수십을 상대하는 모습을 보여주며 황룡문의 기상과 긍지, 그리고 황룡문의 무공이 어떠하다는 것을 보여주려 했던 자운의 생각은 틀린 것이 아니었다.

자운이 눈앞에 있는 진삼을 바라보았다.

"자, 그럼 우리도 이제 그만 정리를 해야지?"

이미 그와 합공을 하던 장로 모두 죽거나 불구가 된 지 오래였고, 그것에 질린 다른 무사들은 감히 자운을 향해 공격을 하지 못했다.

공격을 했다가 손이 잘려 나가는 이들을 열이 넘게 본 탓이다. 진삼의 다리가 후들후들 떨린다.

"이, 이러지 마."

"이러지 마? 말이 짧다?"

자운이 짝다리를 하고 진삼을 내려다보았다. 진삼의 몸은 이미 무너져 있었고, 자운이 진삼을 내려다보는 모습이다. 자운이 건들거리며 진삼을 향해 걸어갔다.

그의 낡은 검이 빛에 반사되고, 진삼이 넘어진 채로 뒷걸음질을 치기 시작했다.

그 모습이 제법 웃긴 탓에 자운은 실소를 흘렸고, 자운이 점점 다가오자 진삼의 얼굴은 더욱 창백하게 변했다.

"으악! 이, 이러지 마세요!"

"이럴 건데?"

"그럴 줄 알았어!"

이때까지 겁먹은 척한 것은 모두 거짓이었을까? 그의 품에서 순간 빛이 번쩍하며 세침이 쏘아졌다.

우모침(牛毛針)에 비견될 바는 아니지만 끝이 보라색으로 빛나는 것이 독이 묻어 있음이 분명한 침. 그 한 수로 진삼은 자운을 거꾸러뜨릴 수 있을 것이라 생각했다.

하나 자운은 진삼이 생각하는 정도의 그저 그런 고수가 아니다. 침을 피하는 것이 아니라 손끝으로 침을 잡아버린 것.

그 모습을 보고 진삼이 웃음을 터뜨리며 크게 소리쳤다.

"으하하하하! 그 침의 끝에는 독이 묻어 있는데, 아주 잘되었구나, 잘되었어!"

진삼의 말에 자운이 자신의 손에 잡힌 침을 바라보았다.

그리고는……

"아, 그래?"

푸욱—

단번에 진삼의 앞으로 다가와 그의 허벅다리에 침을 찔러버린다.

독이 묻은 침이 진삼의 허벅다리를 파고들고, 독은 삽시간에 그의 혈관을 타고 뻗어 나갔다.

"이, 이게 무슨……"

"지랄. 그런 것도 모를 줄 알았냐?"

그의 다리 피부가 독에 중독되어 푸르게 죽어버리고, 그때 진삼은 볼 수 있었다. 자운이 잡고 있는 부분은 독이 묻은 부분이 아니라 독이 묻지 않은 뒷부분이라는 것을. 독기가 머리로 치밀었다.

엄청난 고통과 함께 입에서 피가 왈칵왈칵 솟구치고 눈이 까뒤집힌다.

"끄러르르르르."

알 수 없는 괴상한 소리를 내며 진삼의 몸이 그대로 허물어져 내렸다. 그의 입에서 독기가 섞인 피가 쿨럭쿨럭 흘러나오고, 자운이 검을 바닥에 꽂아 넣으며 주변을 돌아봤다.

그리고는 아직 살아 있는 흑우파의 잔당들에게 들으라는 듯 소리쳤다.

"이제 흑우파의 모든 이권은 황룡문이 접수한다!"

그것은 황룡문의 새 출발을 알리는 자운 스스로의 다짐과도 같은 것이었다.

* * *

그날 밤 자운은 우천과 운산을 찾았다. 그들을 찾은 그의 손에는 흑우파에서 가져온 서류가 하나 가득 들려 있었고, 그 중 일부를 우천과 운산에게 주었다.

"이거 읽어보고 정리들 해."

갑작스럽게 서류 뭉치를 들려주자 운산과 우천이 이것이 무엇이냐는 눈으로 자운을 바라본다.

"대사형, 이게 뭡니까?"

처음에는 인정을 하지 못한다. 어떻다 말이 많던 운산도 이제는 자운을 인정하는 모양이다. 그를 대사형으로 부르기 시작했다.

엄밀히 말하면 배분의 차이가 훨씬 많이 나는 것이 사실이지만, 그 중간 과정을 이해시킬 방법도, 방도도 없었기에 자운은 그러려니 하고 대사형 역할을 하고 있었다.

"뭐긴 뭐야, 흑우파에서 가져온 문서지. 흑우파의 영역과 이권에 관련된 거니까 읽어보고 불법적인 건 정리해 버리고 합법적인 것만 취해."

흑우파는 그리 큰 규모는 아니었지만 주변에 나름대로 영향력을 행사하는 사파. 그 사파가 가진 사업장을 흡수한다면 지금 부실한 황룡문에 큰 도움이 될 것은 자명하다.

흑우파가 운영하는 사업에는 크게 도박장과 기루, 그리고 고리대금업이 있었는데 그 중 도박장과 고리대금업은 정파에 어울리지 않는 것이라 볼 수 있었다.

자운은 그것을 정리해 버리라고 한 것. 그 외의 문서들은 자운이 챙겼다.

운산과 우천이 흑우파의 영역과 이권에 관한 문서를 확인하는 동안, 자운은 남은 문서를 읽어 내렸다. 황룡문을 이렇게 업신여긴 것이 흑우파만의 소행이라고 보기는 어려웠던 것. 흑우파의 힘이 주변에 적은 것은 아니나 그 재정이 황룡문의 모든 부지를 사 들일 만큼 큰 것은 아니었다. 그럼 그 자금력은 도대체 어디에서 나온 것인가?

자운의 머리를 헤집은 의문은 그것이었다.

그리고 그 의문을 해소하기 위해 흑우파에서도 기밀로 보관하는 문서를 읽어 내리는 중이다.

"쯧쯧. 이놈들, 더러운 짓을 참 많이 해먹었네."

한데 그 문서를 읽으면 읽을수록 가관이다. 관에 뇌물을 준 장부뿐만이 아니라 갖가지 더러운 일들이 많이 나왔다.

보면 볼수록 가관 그 자체. 자운은 혀를 차며 다음 장으로 문서를 넘겼다.

그리고 그 순간, 그의 눈을 사로잡은 부분이 모습을 드러내었고, 자운은 뛰어난 집중력을 발휘해 문서를 읽어 내려가기 시작했다.

그가 피식 미소를 지어 보인다.

'역시 흑우파 따위가 이 큰 땅을 다 사들이는 건 무리지.'

황룡문이 가지고 있는 토지는 생각보다 거대했다. 대문파였던 만큼 그 부지의 양은 상상을 초월하는 것이다. 또한 황룡문의 이름으로 된 산도 몇 개가 있다. 지금은 관리할 능력이 없어 주인 없는 산처럼 취급되고 있으나, 분명 황룡문의 소유로 된 산이 있었다.

그리고 지금 자운은 흑우파가 감히 황룡문의 부지를 매입하겠다는 생각을 할 수 있게 해준 문서를 찾은 것이다.
 자운이 그 문서를 보고 조용히 중얼거렸다.
 "과연, 그런 게 있단 말이지?"
 자운이 문서를 덮었다.

第三章

천하제일문, 내가 노친네랑 대사형의 꿈을 이루어줄게.

황룡난신

"자, 그럼 못난 제자 놈이 사부를 한번 만나러 가볼까?"

자운이 천천히 몸을 일으켰다. 아침 해가 어슴푸레 떠오고 있을 무렵이었으나 자운은 잠도 없는지 용케도 그 무렵에 일어났다.

방문을 열자 낡은 복도가 모습을 드러내고, 차가운 새벽 공기와 습기가 자운의 온몸을 촉촉하게 적셨다.

자운은 뚜둑 소리가 나도록 목을 좌우로 한 번 꺾고는 천천히 걸음을 옮겼다. 그가 향하는 곳, 그 목적지는 황룡문의 소유로 된 뒤편에 위치한 산이었다.

황룡문의 선대 문주들의 묘가 있는 산이나 이제는 그 사실을 알고 있는 이도 없을 것이다. 십오 년 전이라고 하면 우천과 운산 역시 어린 시절이었으니 그 산에 문주들의 묘가 있다는 사실을 알지 못했을 것이고, 관리가 전혀 되지 않을 것이다.

"과연, 관리가 되어 있을 리가 없지."

산의 입구에서 자운이 가볍게 한숨을 내쉬었다. 본래 길이 있었던 흔적은 남아 있으나 이미 이것은 길이라고 보기 어려웠다.

이리저리 아무렇게나 자란 풀이 눈앞을 가리고, 자운의 발아래에는 새벽 물기를 가득 머금은 잡초가 자리하고 있었다.

자운이 허리춤에서 검을 뽑았다.

본래 수풀을 해치기 위해서는 박도가 좋으나 검끝에 힘을 조금만 더 실어주기만 하면 일반 검도 박도와 같은 힘을 낼 수 있었다.

자운의 눈앞에서 풀이 휙휙 잘려 나갔다. 발 아래쪽에 있는 습기 가득 찬 잡초는 어찌할 수 없지만 이렇게 하니 그나마 길처럼 보인다. 자운은 바닥에 나 있는 흔적과 기억을 더듬어 천천히 길을 만들어가기 시작했다.

휙휙—

그의 양옆으로 잘려 나간 잔가지들이 바닥으로 떨어져 내렸다. 그리고 자운이 만들어진 길로 걸음을 성큼성큼 옮긴다.

얼마쯤 걸었을까?

마침내 목적한 곳이 모습을 드러내고, 자운이 주변을 천천히 살폈다.

느린 걸음으로 움직여 당도한 곳, 자운의 시선이 천천히 추억을 더듬는다.

"여기도 역시 정리가 되어 있지 않네."

솟아오른 봉분들이 이곳이 묘가 있는 곳이라는 것을 보여줄 뿐, 봉분의 관리가 전혀 되어 있지 않다.

자운은 천천히 초대 개파조사의 묘를 시작으로 하나씩 묘를 관리하기 시작했다.

무덤 위로 솟아난 잔풀을 쳐내고, 묘비에 얽혀든 덩굴을 잘라낸다. 그리고 먼지를 털어내고는 다음 묘로 이동했다.

그렇게 천천히 자운은 모든 묘를 정리했다.

그 다음으로 그의 걸음이 향하는 곳은 그의 스승이 있는 곳이다.

황룡검존 함선소의 묘. 묘비의 먼지를 털어내며 봐두었던 이름이 있는 곳으로 이동했다.

자운의 걸음이 멈추고, 자운의 눈에 두 개의 묘가 모습을 드러낸다.

황룡검존 함선소. 스승의 묘와 그 옆에 있는 묘.

묘의 주인은 추소룡이었다. 자운이 짤막하게 그들을 불렀다.

"스승님, 그리고 사형."

추소룡. 함선소의 첫째 제자로 자운에게는 대사형뻘 되는 인물이다. 함선소 사후 그가 황룡문의 문주가 된 모양이다. 자운이 양손으로 두 개의 묘를 천천히 쓰다듬었다.

묘를 쓰다듬는 자운의 손길에 따스함이 느껴지고, 자운이 묘를 바라보았다.

"스승님, 아니, 예전처럼 편하게 노친네라고 불러도 되겠지?"

자운이 우스갯소리를 흘리며 눈을 휘었다. 자운의 눈이 부드럽게 휘고, 어디선가 당장에라도 함선소가 나타나 검집째로 자운의 이마를 후려칠 것만 같았다.

하나 그 모든 것은 추억 속이다. 이제 함선소는 이 세상에 없다.

그의 대사형인 추소룡을 비롯한 다른 사형제들 역시 마찬가지였다.

이것이 현실이고, 적응을 해야 한다.

"노친네야, 벌써 이백 년이 지났대, 벌써 이백 년이."

폐관에서 나오지 않는 제자를 얼마나 걱정했을까.

얼마나 걱정하고 초조해했을까. 그리고 그렇게 생을 마감했겠지?

대사형 추소룡 역시 마찬가지였을 것이다. 그러다 어느 순간 포기했겠지.

하지만 이렇게 돌아왔다.

"내가 돌아왔어."

그러니까 좀 일어나.

그렇게 말하고 싶지만 일어나지 않을 거라는 사실을 알고 있다. 자운이 고개를 돌려 산 아래를 내려다보았다. 높지는 않았지만 꽤 먼 곳까지 보이는 위치. 지평선이 보인다. 하나 자운의 시선이 머물고 있는 곳은 그곳이 아니었다.

자운이 허리춤의 검을 움켜쥐었다.

"황룡문의 꼴이 개판이더라."

개판도 그런 개판일 수가 없다. 그야말로 가관. 대황룡문이 저리 될 거라고 상상이나 했을까?

그의 스승은 물론 그의 대사형조차 상상하지 못했을 것이다. 자운이 괜히 발로 바닥에 돌을 차내었다.

지평선 너머, 자운의 시선이 지평선 너머를 향했다. 그의 눈이 향하는 곳은 고작 시선이 닿는 곳이 아니다.

"천하!"

자운이 마치 이곳에 없는 누군가에게 들으라고 소리치는

듯 크게 소리쳤다.

"천하제일문!"

허공에서 주먹을 꽉 움켜쥐었다.

"노친네랑 대사형이 맨날 노래를 불렀지. 천하제일문."

그가 주먹을 꾸욱 움켜쥐고 산 아래를 응시한다. 그의 눈앞에 광활한 천하가 펼쳐지고, 자운이 그 전부를 손에 쥐듯 주먹을 폈다가 다시 한 번 꽈악 말아 쥐었다.

"천하제일문, 내가 노친네랑 대사형의 꿈을 이루어줄게."

그 역시 두고 볼 수 없었다. 자의가 아니었다고는 해도 고작 이런 황룡문의 모습을 보기 위해 이백 년을 잠만 처잔 것은 아니다.

"위에서 기다려."

황룡문이 천하제일이 되는 그날까지.

자운이 다시 한 번 주먹을 말아 쥐었다.

꽈악—

* * *

산의 뒤쪽으로 돌아간 자운은 천천히 산의 아래쪽에서부터 산을 더듬었다. 눈을 좌우로 굴리며 산을 더듬어 나가는 것이 꼭 무언가를 찾는 듯한 모습이다. 그러다 무언가를 발견한 듯하면 다가가 그 부분을 손으로 더듬었다.

"여기도 아닌데, 정말로 여기서 맥(脈)이 나왔다는 말이지."

자운이 찾고 있는 것은 금맥(金脈)이었다. 흑우파에서 가져온 문서에 의하면 소문은 나지 않았으나 이곳에서 금맥이 발견되었다는 것이다.

아마도 흑우파에 개입한 문파가 노리는 것은 금맥일 터. 자운은 그 금맥을 찾기 위해 천천히 눈을 움직였다.

본래 금맥이라는 것은 땅 속에 있는 법이나, 금맥을 누군가가 발견하고 조금이나마 소문이 난 듯하니 밖으로 튀어나온 금맥이 하나쯤은 있을 터이다.

산을 더듬기 시작한 지 한 시진이 조금 넘었을까? 자운이 툭 튀어나온 바위 위의 먼지와 흙을 털어내었다.

그 아래로 누런 황금의 흔적이 보였다. 정제되지 않아 금괴의 모습을 하고 있는 것은 아니나 이것은 분명 금맥이었다.

"호오, 과연!"

자운은 금맥을 한참 동안 물끄러미 바라보더니 흙을 끌어와 다시 덮었다.

아무리 금맥이 있다고 하나 여기는 선대 황룡문주들의 안식처다. 그것을 고작 금맥 하나로 뒤집을 생각은 전혀 없었다.

 흙을 덮어놓은 자운의 눈이 깊게 가라앉았다. 새하얀 피부와 그 눈이 어우러져 더욱 냉담한 분위기를 만들고, 자운은 흙을 덮은 자리를 손바닥으로 툭툭 두드렸다.
 "자, 그럼 이제 일을 하나씩 슬슬 처리해 볼까?"

 황룡문으로 돌아간 자운이 처음으로 본 것은 연무장에서 무공을 수련하고 있는 운산과 우천의 모습이었다.
 땀방울이 송골송골 맺혀 있고 옷이 흠뻑 젖어 있는 것이 꽤나 오랜 시간을 수련에 몰두한 모습. 하지만 자운의 눈에는 차지 않았다.
 둘의 실력이 모두 일대제자와 이대제자라고 하기에는 부족했기 때문이다. 자운이 고개를 절레절레 흔들었다.
 "그게 어딜 봐서 직도황룡이냐!"
 자운의 말에 운산과 우천이 동시에 자운을 바라보았다.
 "대사형, 아침부터 어딜 다녀오셨습니까?"
 운산의 말에 자운이 손을 휙휙 휘두르며 대수롭지 않게 말했다.
 "아, 뭐 별거 아냐. 잠깐 일이 있었어. 그것보다 너, 직도황룡 다시 해봐. 그리고 너도."
 자운이 운산과 우천에게 말했다.

"직도황룡이요?"

의문을 표하는 운산과는 달리 우천은 자운의 앞에서 직도황룡을 펼쳤다.

검이 일직선으로 허공을 내리긋는다. 마치 태산압정과 같은 초식. 하지만 직도황룡으로서의 멋은 전혀 살아나지 않았다.

"쯧. 다시 묻지 말고 너도 펼쳐 봐."

자운의 득달에 운산도 어쩔 수 없이 자세를 잡고 직도황룡을 펼쳤다. 한데 그 직도황룡이 일대제자인 운산이 펼친 것과 이대제자인 우천이 펼친 것에 크게 차이가 나지 않았다.

'삼류라고 부르긴 힘들지만 이류라고 하기도 힘든데.'

아무리 스승 없이 홀로 익힌 무공이라곤 하지만 기본이 전혀 되어 있지 않다. 자운은 고개를 한번 절레절레 흔들고는 어깨를 으쓱해 보였다.

자운의 태도에 운산이 물었다.

"문제가 있습니까?"

직도황룡은 황룡문의 무공 중 기본이라 할 수 있는 것이다. 한데 그것에 대해서 문파의 대사형인 자운이 불만족스러운 미소를 지어 보이자 걱정이 된 것이다.

"그게 어딜 봐서 직도황룡이냐. 잘 봐라."

자운이 허리춤에서 낡은 검을 뽑았다. 검을 바꾸고자 하면 바꿀 수야 있지만 함께 이백 년의 세월을 거슬러 온 녀석이라 생각하니 괜스레 정이 들어 바꿀 수 없는 검. 검이 풍압을 일으키며 빠르게 허공을 갈랐다.

상(上)에서 하(下)로 양단(兩斷)하는 일도양단(一刀兩斷)의 수법과 같이 보이는 초식. 허공에서 바람이 뿜어지고, 자운의 검이 다섯 번의 바람을 일으켰다.

변화의 중심이 되는 내려긋기는 그야말로 황룡이다. 황룡의 어금니와 몸뚱이가 한 번의 내려긋기에서 솟구쳐 올랐다.

그리고 이어지는 다섯 번의 변화.

전황룡좌조(前黃龍左爪).

전황룡우조(前黃龍右爪).

후황룡좌조(後黃龍左爪).

후황룡우조(後黃龍右爪).

황룡미(黃龍尾).

앞발의 손톱과 뒷발의 손톱이 터져 나왔다. 그리고 마지막으로 꿈틀거리는 황룡의 꼬리가 힘차게 허공을 갈랐고, 어느새 검은 바람 소리와 함께 검갑 속으로 갈무리되어 있었다.

파파바바바방—

쑤아앙—

공기가 터져 나가는 소리, 그리고 뒤이어 검이 납검되는 소리가 들렸다.

착—

"이게 직도황룡이다."

물론 여타의 직도황룡보다 강하게 보인 것은 자운의 거칠 것 없는 내력이 가미되었기 때문이다. 자운이 보여주고 싶은 것은 그것이 아니었다. 총 다섯 번에 이르는 변화, 그것을 보여주고 싶었던 것이다.

"문제가 뭔지 알겠어?"

운산과 우천이 고개를 끄덕였다. 지금까지 그들이 생각한 직도황룡은 이 정도로 강맹하지 못했다. 또한 저토록 선명한 변화라니!

그들이 고개를 들어 자운의 얼굴을 마주 보았다.

"뭐해? 알았으면 너희가 해봐."

"저희가요?"

"그럼 안 할 생각이었냐? 맞을래? 어서 해봐."

자운의 독촉에 운산이 먼저 검을 쥐었다. 검끝을 바라보는 운산의 눈이 가볍게 떨리며 침을 꿀꺽 삼켰다.

"배에 힘을 주고, 기합을 가득 넣어라."

옆에서 자운이 충고를 던져 주자 근육을 꽉 당겨 배에 힘을 주었다. 그리고는 큰 기합성과 함께 검을 휘둘렀다.

"흐아아아압!"

휘이잉—

바람 부는 소리가 들리고, 운산 나름대로의 변화가 가미되었다. 검을 내려놓는 운산이 자운을 향해서 묻는다.

"하아, 미치겠네."

운산을 보며 자운은 이마를 잡았다.

"이놈아, 내가 변화를 주라고 했지, 곡선을 그리라고 했냐?"

직도황룡의 기본은 태산압정과 같은 내려긋기다. 한데 운산은 내려긋기가 아니라 다섯 번 꿈틀거리는 곡선을 그려 버렸다.

변화는 다섯 번이 있으나 직도황룡이라고는 할 수 없는 것이다.

"야, 이번엔 네가 해봐라."

"제가요?"

"그래, 너. 너 말고 내가 지금 지목할 사람이 또 누가 있겠냐?"

자운이 우천의 몸을 콕콕 찔렀다. 우천 역시 운산과 마찬가지로 자세를 잡았다. 직도황룡은 황룡문의 기본이 되는 무공이다. 초식을 펼치기 전 자세가 어려운 것은 아닌지라 우천과 운산 모두 그 자세는 정확하다고 볼 수 있었다.

수아앙—

또다시 검이 바람을 갈랐다.

'문제는 그 뒤가 안 된다는 거지.'

이번에도 정확하지 못했다. 자운이 다가가 우천의 이마를 손바닥으로 눌렀다.

"너도 틀렸다. 왜 이걸 못하는 거냐, 이걸. 팔에 충분한 근력만 있으… 응?"

우천의 팔을 잡은 그가 의문을 표했다. 근육이 느껴져야 할 팔에서 느껴진 것은 근육이 아니라 다른 것이었기 때문이다. 자운이 운산도 불렀다.

"야, 너도 이리 좀 와봐."

자운이 부르자 운산 역시 자운을 향해 다가갔고, 자운이 손을 뻗어 운산의 팔을 잡았다.

"하아! 이거 뼈밖에 없네? 너네 그동안 뭘 먹고 산 거냐? 그보다 오늘 아침은 먹은 거냐?"

우천의 배에서 꼬르륵 하는 소리가 들린 것은 둘이 아침을 먹었다고 고개를 끄덕이려고 한 순간이었다.

자운이 그 소리를 듣고는 미간을 찌푸렸다.

"먹기는 뭘 먹어. 아무것도 안 먹은 소리가 들리네."

자운은 운산과 우천의 손을 잡아끌고는 성큼성큼 부엌으

로 들어갔다. 무엇이라도 해 먹일 심산이었다. 하지만 자운이 부엌에서 발견한 것은 더욱 황당했다.

"뭐야? 쌀독이 비었어? 그보다 왜 먹을 게 물밖에 없어? 니네 물만 먹고 살았냐?"

모든 쌀독이 비어 있고, 그나마 차 있는 것은 물 항아리였다.

"설마 쌀 살 돈도 없는 거야? 일하면 되잖아. 너희들을 보면 무인이라고 평범한 일은 안 할 그런 녀석들은 아닌 것 같고, 왜 쌀독이 비어 있는 거냐? 설명을 좀 해봐."

그러고 보니 자운도 어제부터 아무것도 먹은 기억이 없다.

입맛을 쩝쩝 다시며 생각해 보니 어제부터 아무것도 못 먹은 게 아니라 이백 년 전부터 아무것도 못 먹었다. 괜히 배가 더 고파지는 느낌이다. 그렇게 생각하자 자운의 뱃속에서도 꼬르륵 하는 소리가 들렸.

"아, 기다려 봐. 일단 뭣 좀 먹고 하자."

황룡문을 나간 지 얼마 되지 않아 다시 돌아온 자운의 손에 들려 있는 것은 사슴 한 마리와 꿩 두 마리였다.

꿩은 아직까지 살아서 푸드득거리고 있었고, 사슴은 점혈이 된 것인지 눈과 입을 껌뻑거리면서도 자운의 등에 메어 움직이지 못하고 있었다.

"아, 동물 좀 잡아왔어. 뭔가 있는 건 눈치챘으니까 숨길 생각 하지 말고, 우리 먹으면서 이야기하자고."

자운은 능숙하게 동물의 껍질을 벗겨내고 불을 피웠다.

손끝에서 내공을 충돌시켜 불을 일으킨다. 화섭자가 아니라 손으로 만들어내는 불길이 마른 나무에 옮겨 붙었다.

화악—

그 모습을 보고 우천이 소리쳤다.

"삼매진화!!"

"삼매진화 처음 보냐?"

예전의 자운이었다면 삼매진화는 무리는 알고 있어도 내공의 부족으로 직접 하기는 어려웠다. 하지만 지금의 자운은 내공이 넘쳐난다.

넘쳐나는 내공으로 불을 붙이는 것 정도는 문제가 아닌 것이다.

자운의 손에서 다듬어진 고기가 불에 구워지기 시작하자 맛있는 냄새가 풍겼다. 이윽고 고기가 어느 정도 익자 자운은 그중 일부를 손에 들며 말했다.

"일단 배고플 테니 먹어."

자운의 허락이 떨어지자 운산과 우천의 손이 머뭇머뭇 고기를 향해 다가온다.

마치 이 고기를 진짜로 먹어도 될까 하고 망설이는 모습. 자운은 피식 웃으며 자신의 손에 들린 고기를 크게 베어 물었다.

"먹고 죽은 귀신은 때깔도 곱다. 그냥 먹어라."

그제야 고기를 한 조각씩 입으로 가져가는 운산과 우천. 자운의 눈에 못 먹어서 앙상하게 마른 그들의 두 팔이 들어왔다.

'쯧쯧, 그러니까 좀 잘 먹어야 할 거 아냐.'

그들이 어느 정도 고기로 배를 채우자 자운이 운산에게 묻는다.

"자, 그럼 설명들을 좀 해봐. 어디 들어나 보자."

왜 쌀독이 비어 있는가? 우천이 무언가를 말하려 하자 운산이 만류했다.

"사형, 이건 저 때문이니 꼭 말해야겠습니다."

하지만 우천은 그런 운산의 만류를 뒤로하고 입을 열었다.

"사실 황룡문을 넘기라고 하는 곳은 흑우파뿐만이 아닙니다."

그 말에 자운이 미간을 꿈틀 움직였다. 흑우파 말고도 또 그런 개잡놈이 있다는 말이지?

표정으로 그렇게 말하는 듯한 자운의 반응에 순간 우천은 움찔하였으나 곧 말을 이어나갔다.

"있어요. 그런 개잡놈이."

우천의 입에서 개잡놈이라는 말이 나오자 오히려 움찔한 것은 자운이었다. 그의 입에서 나온 개잡놈이라는 단어가 너무도 어울리지 않았던 것이다.

"왜 그러세요, 대사형?"

자운이 두 손을 흔들었다.

"아니, 네 입에서 개잡놈이라는 소리가 나오니까 별로 안 어울리는 거 같아서. 일단 계속해 봐."

"그런가요? 대사형이 쓰시기에 저도 한번 써봤는데 안 어울리는 모양이네요. 일단 그쪽은 문파가 아니라 삼류 사파 몇 개를 아래에 두고 있는 염왕채입니다."

"사파가 염왕채를 아래에 둔 게 아니라 염왕채가 사파를 아래에 둬? 이거 꼴이 웃기네. 근데 그게 우리 쌀독이랑 무슨 상관인 거야?"

보통의 경우는 사파의 아래에 염왕채가 있다.

사파가 수입원으로써 염왕채를 가지고 있는 것이다. 이번에 흑우파의 이권을 가져오면서 그 염왕채가 몇 개 딸려왔다.

물론 정리해 버릴 생각이었지만, 흑우파의 일에서 알 수 있듯 염왕채는 사파의 아래에 있는 것이 일반적이다.

한데 이 경우는 그 반대라고 한다. 사파 몇 개 위에 염왕채가 있다고 한다.

　말을 들어보니 염왕채의 규모가 작지 않은 모양이다. 자운이 입술을 씹었다.

　그동안 말을 한 것은 우천이 아니라 운산이었다. 운산이 침통한 표정으로 침음성을 흘리며 말했다.

　"우리가 그 염왕채에 빚이 있어요."

　"빚? 왜 빚을 졌지? 알면서 사채를 쓴 건가?"

　그럴 리가 없다는 것을 알면서도 자운의 표정이 냉담해졌다.

　"천 사제가 아팠습니다. 처음에는 몸이 차갑게 식어가더니 온몸에 열이 하나도 없는데 가슴에서는 열꽃이 피고 붉은 반점이 솟아났습니다. 그리고는 점점 잔병치레가 늘어갔지요. 용하다는 의원을 불러봤지만 모두 고개를 절레절레 흔들었습니다."

　이제 대충 알 것 같았다. 자운이 툭 말을 뱉었다.

　"그때 치료할 수 있다는 의원이 나타나서 큰돈을 요구했겠지?"

　운산이 고개를 끄덕였다. 그리고 그 돈을 마련하기 위해 염왕채에 손을 벌렸다.

　"그 염왕채 뒤에 황충(黃蟲)의 염왕채가 있었습니다."

　"황충?"

"황룡문의 땅을 내어놓으라고 하는 염왕채의 주인입니다."

자운의 눈이 차갑게 식었다. 일의 대략적인 전모를 알게 되었고, 그 속에 이 순진한 놈들이 모르는 다른 것이 있음을 자운은 눈치챈 것이다.

하지만 자운은 빠르게 표정을 바꾸며 혀를 찼다.

"쯧쯧, 그래서 일을 한 돈은 전부 그쪽으로 뺏겼겠구만."

자운의 말에 우천과 운산은 답을 하는 대신 그저 고개를 끄덕일 뿐이었다. 자운이 고개를 들어 하늘을 바라보았다.

'이거 완전히 개판이네.'

자운은 침을 한 번 삼키고는 다시 고개를 떨구고 있는 운산과 우천을 마주했다.

"이건 내가 해결하고 올 테니 너희는 고기나 먹고 있어라."

자운이 옷을 털며 자리에서 일어나자 운산과 우천이 황급하게 자운을 바라보았다.

"대사형이 어떻게 해결을……."

말을 하던 그들의 목소리가 줄어들었다. 어떻게 해결할지 눈에 선하게 보였기 때문이다. 자운의 주먹이 말아져 있는 것이 눈에 들어왔다.

"안 됩니다!"

우천이 자운의 옷자락을 움켜잡았다. 그 바람에 낡은 옷이 부욱 하는 소리를 내며 찢어지고, 자운의 한쪽 다리가 그대로 모습을 드러내었다.

"뭐? 안 되긴 뭐가 안 돼. 이거 안 놔? 옷 찢어져서 춥잖아. 이거 놓으라고."

자운은 자신의 옷을 잡고 매달리는 우천의 이마를 손가락 끝으로 툭툭 때렸다.

"가서 주먹 휘두르고 다 부수려고 그러죠! 안 됩니다. 안 돼요. 황충의 염왕채 아래에 무림인이 있다고는 하지만, 황충은 엄밀하게 무공을 하나도 모릅니다. 그런 사람을 죽였다가는 관에서 움직일 겁니다."

"죽이긴 누가 누굴 죽인대. 내가 사파의 대마두냐? 네가 죽어볼래?"

자운의 말에 우천이 더욱 강하게 자운의 옷자락을 움켜쥐었다.

"그럼 어쩔 건데요?"

"어쩌긴 뭘 어떡해. 내가 폐관에 접어들기 전 전장에 맡겨 놓은 돈이 조금 많아. 그러니까 그걸로 빚을 갚는다고. 이것 좀 놔라."

"부족하면요?"

"부족하면 그땐 좀 때리면 되고."

자운의 바지를 움켜쥔 우천의 손에 더욱 힘이 들어갔다.

"안 돼요!!"
자운이 빽 소리쳤다.
"아, 젠장! 이것 좀 놓아라!"

第四章 그걸 믿냐? 살려주긴 개뿔이

황룡난신

 황룡문을 나서며 자운은 두 팔을 빙글빙글 돌렸다. 운산에게 황충의 염왕채가 어디 있는지는 이미 듣고 나왔으니 이제 움직이기만 하면 될 것이다.

 전장에 모아 놓은 돈?

 물론 있기는 있었다. 그게 이백 년 전의 이야기일 뿐이지. 이백 년 전에 돈을 맡겼는데 이제야 찾아가서 내놓으라고 하면 얼마나 미친놈 취급을 할까?

 애초에 자운은 애초에 돈을 줄 생각이 없었다.

 황충의 염왕채로 향하는 자운의 걸음에 힘이 실리고 눈에서 냉기가 풀풀 뿜어진다.

"자, 그래, 어디 한번 움직여 보자."

자운의 뒤로 바람이 불고 모래가 휘날렸다. 모래바람이 시야를 가리고, 곧 다시 바람이 불어 모래바람이 밀려났다. 그 자리에 자운의 신형은 사라지고 없었다.

마치 땅으로 꺼진 듯.

자운이 다시 솟아난 곳은 운산에게 들은 염왕채의 앞이었다. 자운이 고개를 이리저리 돌려 좌우를 살피며 말했다.

"이야, 민초들 피 빨아먹고 사는 놈 집치고는 너무 좋네."

자운의 입에서 으드득 하고 이 갈리는 소리가 난다. 얼굴은 웃고 있으나 냉기가 풀풀 풍겨 마치 저승사자를 마주 하는 듯 하다. 자운이 슥 하고 좌수를 뻗었다.

좌수의 손가락이 확 펼쳐지며 염왕채의 문을 세게 때린다.

콰과과광—

그 일이 일어날 무렵 황충은 안절부절못하고 있었다. 흑우파가 멸문했다는 소식을 들은 것이다. 사실 흑우파와 황충에게 지시를 내리는 사람이 있었다.

물론 목적은 황룡문의 부지를 매입하라는 것이었고, 그 명령을 이행하기 위해 둘은 불철주야 힘을 쓰고 있었다.

한데 그 흑우파가 멸문했다고 한다. 황룡문의 손에 말이다.

황충이 늙은 손톱을 이빨로 딱딱 씹었다.

"으으, 으으으, 어쩌지? 어떡하지?"

무언가 불안한 듯 황충이 좌우를 살핀다. 오늘은 장에서 사람이 오기로 한 날이다. 한데 지금까지 아무런 성과도 내지 못했고, 흑우파가 멸문하는 것을 수수방관하고만 있었으니 문에서 나온 사람이 그를 가만둘 리가 없다.

"뭘 그렇게 두리번거리지?"

아니나 다를까?

분명히 아무것도 없던 황충의 뒤에서 소리가 들려오고, 황충이 기겁을 하며 앞으로 넘어졌다.

"으아아아악!"

그 비명 소리가 밖으로 새어 나가 황충의 부하들이 달려올 법도 한데 그 누구도 오지 않는다.

'기파로 차단했구나.'

많이 봐온 광경이라 황충은 침을 꿀꺽 삼키고 다시 침착하게 자리에서 일어났다. 하지만 떨리는 손과 다리는 숨길 수 없었다.

황충의 시선이 향하는 곳에서 흑색 피풍의를 입은 이가 걸어나왔다.

어둠이 일렁이는 곳에서 천천히 그가 걸어나왔는데 그 모습이 어둠이 뭉쳐져 사람 형상을 이룬 듯했다.

그는 자신의 집무실이라도 되는 것처럼 황충의 자리에 앉았다. 그리고 위에서 아래로 황충을 내려다본다.

"흑우파가 멸문했다는 소리를 들었다. 어떻게 된 일인지 알고 있나?"

그의 물음에 황충이 겁에 떨면서도 상 위에 있는 문서를 집어 그의 앞에 두 손으로 넘겨주었다.

공손한 자세다. 흑의인이 그것을 받아 들고 시선을 넘기는 동안 황충은 고개를 숙이며 구석으로 물러나 있었다.

황충의 부하들은 단 한 번도 황충의 저러한 모습을 보지 못했을 것이다.

그런 황충이 이러한 모습을 보인다는 것은 흑의인이 그만큼 위험하다는 의미다.

문서를 읽어 내려가던 흑의인의 손에 힘이 들어갔다.

그리고 꾸깃 하는 소리와 함께 그의 손에 들려 있던 문서가 단번에 구겨졌다.

"지금 이 말을 믿으라는 건가?"

"조, 조사 결과 그렇습니다."

조사 결과를 처음 받아봤을 때, 그 내용은 황충 역시 믿을 수가 없었다. 하지만 명백한 사실이다.

"다 죽어가던 황룡문이 어떻게 흑우파를 멸문시킨단 말

이냐!!"

 사내가 크게 소리쳤다. 그렇다. 사내가 믿을 수 없는 것은 황룡문이 바로 흑우파를 멸문시켰다는 말이다.

 "다른 이가 있었던 듯합니다."

 황충이 목소리를 잘게 떨며 답했다. 흑우파가 멸문당한 당시에 황룡문의 문도가 그 자리에 있었던 것은 사실이고, 그들이 개입한 것 역시 사실로 드러났다.

 한데 한 가지 의문스러운 것은 흑우파의 무사들이 모두 일검에 즉살당했다는 것이다.

 일 검에 한 명이 죽어 나간다.

 이것은 그가 파악하고 있는 황룡문도, 운산과 우천은 절대로 불가능한 것이었다. 그러니 분명 다른 이가 있었다고 판단했다.

 "방수가 있었단 말이지? 그래서?"

 "예?"

 "그래서?"

 흑의인의 목소리가 고압적으로 변했다.

 "그래서 아직까지 황룡문의 땅을 손에 넣지 못했다는 말이지?"

 그가 입술을 곱씹는다. 황충의 표정이 창백하게 변했다. 그리고는 단번에 무릎을 바닥에 꿇었다.

쿵 하는 소리와 함께 황충의 몸이 단번에 낮아진다.

"조금만, 조금만 더 시간을 주시면 꼭 황룡문을 비워놓겠습니다."

"흥! 그 말은 저번에도 한 것 같은데?"

"이번에는… 이번에는 정말입니다."

그가 눈물콧물을 흘리며 애원했다. 황충은 잘 알고 있었다. 지금 이 자리에서 애원하지 않으면 그의 목은 단번에 달아날 것이다. 그리고 다시는 제자리를 찾지 못할 것이다.

예전에 황충의 호위무사가 이자의 손에 그렇게 되었다. 사람을 눈 하나 깜짝하지 않고 죽일 수 있는 자, 이자가 바로 그자다.

흑의인은 한참 황충을 내려다보았다. 그리고는 천천히 고개를 끄덕인다.

"좋다. 이번이 마지막 기회다. 마지막 기회야. 이번에도 실패한다면……"

그의 소매춤에서 비수가 쏘아졌다.

휙 하는 소리와 함께 비수가 뇌전처럼 허공을 갈랐고, 팍 하는 소리와 함께 황충의 어깨보다 손가락 마디 하나 정도 높은 곳에 꽂혀 들었다.

부르르―

황충이 흔들리는 눈을 슬며시 돌려 벽에 박힌 비수를 바라보았다. 비수는 아직 여력을 잃지 않고 떨리고 있었고, 손가락 마디 하나 정도만 낮은 곳에 박혔더라면 황충의 팔이 잘려 나갔을 것이다.

'으으……'

황충이 속으로 신음을 흘렸다. 그리고는 황충의 몸이 천천히 무너졌다. 극도로 겁을 먹어 몸을 유지할 힘이 풀린 것이다.

"네 팔을 가져갈 것이다."

사내의 말에 황충이 연신 고개를 끄덕였다.

그때였다.

무언가가 터져 나가는 소리가 난 것은.

콰앙—

그 소리에 황충과 흑의인의 시선이 모두 밖으로 향하고, 황충의 부하들이 소란스럽게 움직이기 시작했다.

자운의 손끝에서 염왕채의 정문이 터져 나갔다.

콰앙—

나무로 만들어진 문이 박살이 나 사방으로 비산하고, 자운은 그 안으로 천천히 걸어 들어간다.

문을 부수고 들어온 놈이 낡은 옷을 입고 한쪽 다리를 휑하니 드러내고 있었으니 그 모습을 바라본 다른 이들의 시선이 어떠할까?

미친놈?

그에 준하는 시선으로 자운을 바라보고 있을 것이다. 그리고 얼마 안 가 그들의 눈에 자운의 허리춤에 걸린 검이 들어왔다.

자운의 검이 스르릉 하고 뽑혀져 나왔다. 그리고는 이죽이듯 말한다.

"여기 황충이라는 노인네 있지? 나오라고 해."

자운의 말을 들은 다른 이들의 움직임이 한순간 멈췄다. 단번에 염왕채로 쳐들어와서는 한다는 말이 뭐?

자운이 사방을 에워싸는 황충의 수하들을 노려보았다. 아마도 이들이 황충의 아래에 있다는 삼류 문파의 잡졸들일 것이다.

자운이 그들의 기세를 가늠하며 피식 웃음을 흘렸다. 그것을 자신들에 대한 비웃음으로 정확하게 해석한 그들이 이마에 핏줄이 붉어져 나올 정도로 힘을 주며 자운을 노려보았다.

제 딴에는 기를 죽이기 위한 행태. 하나 자운에게는 그저 웃음거리로 보일 뿐이었다. 자운이 다시 피식 웃음을 흘렸다.

"그러다 마빡 터져 나간다. 좋은 말로 할 때 황충인가 누런 벌레인가 하는 노친네 기어 나오라고 해라."

자운을 노려보던 놈이 무어라 소리치려 했다.

"너 이 새끼, 넌 누구……."

뻐억—

그 순간 놈의 고개가 뒤로 젖혀지며 이마가 터져 나갔다. 자운이 검의 운두로 때린 것. 한 번에 놈이 뒤로 나가떨어진다.

"마빡 터진다고 했지. 그것보다 내가 누구긴 누구겠어. 딱 보면 알지."

자운이 쓰러진 녀석을 발로 뻥 차며 말했다.

"너네 적이지."

자운의 일검을 막을 만한 무인은 지금 이곳에 없었다. 베고 때리고 밀어내고, 마지막으로 찔러 넣는 그 기술은 그야말로 신기. 일검즉살의 위용을 보여주고 있었다.

자운이라는 거대한 파도가 덮치자 자운을 향해서 검을 겨누는 인물들이 여과없이 쓸려 나갔다.

거대한 파도에 쓸려 나간 이들은 단순간에 절명, 생을 달리하고는 바닥에 널브러졌다.

벌써 이십에 가까운 적을 베어냈음에도 불구하고 자운에게서는 전혀 지친 듯한 모습이 보이지 않았다.

황충이 나온 것은 그때였다. 저 먼 곳에서 황충이 모습을 드러내고, 황충의 부하들이 그를 불렀다.

"황 노야!"

자운이 그 자리에서 사라졌다. 그리고는 단번에 황충을 향해 날아들었다.

"아아, 네가 황충이라는 노란 벌레구나."

자운이 휙 하고 검을 휘두르고, 불똥이 튀었다.

까강—

누군가가 자운의 검을 막은 탓. 자운은 자신의 검을 막은 셋을 천천히 살펴보았다. 그리고는 눈을 크게 떴다.

"아아, 그래도 버러지가 돈이 많으니까 개가 꼬이는구나."

자운의 눈에 비친 적들은 호랑이나 용 따위가 아니다. 늑대도 되지 못한, 개 수준이었다.

"이놈이?"

자신들을 개에 비교하자 황충을 지키던 이 중 하나가 소리치며 자운을 향해 주먹을 쏟아내었다.

자운의 몸이 휙 흔들리며 놈의 뒤로 돌아간다.

"그렇게 느려서 누가 맞겠냐?"

천천히 검을 휘두르는 자운. 검은 느렸으나 감히 막을 수 없다. 자운의 검이 느리게 허공을 가르고, 뒤이어 놈들 중 하나의 몸에서 피분수가 뿜어져 나왔다.

화악 치솟는 피분수. 그 모습을 보고 다른 동료 둘과 황충이 그의 이름을 외쳤다.

"대충!"

"걱정하지 마. 너도 곧 따라갈 테니."

자운이 다시 검을 움직였다. 검끝이 두 개로 갈라지며 허공에서 찌르기를 연발했다.

검이 비처럼 떨어진다 싶었을 때, 다른 하나의 몸에서 피분수가 뿜어졌다.

수십 발의 검이 꽂혀든 놈의 몸은 그야말로 벌집이다. 여러 군데서 동시에 피분수가 치솟고, 자운의 검에 찍힌 녀석은 그대로 절명했다.

황충이 수하의 이름을 불렀다.

"지은!"

안 어울리게 여성스러운 이름. 자운이 피식 웃었다.

"이제 너도 죽어라."

자운이 남은 호위의 목을 베었다. 단번에 뼈까지 베여 나가며 피가 솟구치고, 자운은 시기적절하게 몸을 뺐기에 온몸에 피가 떨어지는 일은 없었다.

"아아, 난 다 죽일 생각 없었고, 황충이라는 노인네랑 이야기만 할 생각이었는데."

자운이 고개를 돌려 황충을 바라보았다. 황충은 온몸이 떨리면서도 자운을 노려보고 있었다.

"먼저 칼을 들이미니까 이렇게 되었잖아. 안타깝네."

자운이 웃으며 황충을 향해 걸어갔다. 한 걸음 한 걸음 몸을 움직이는 자운이 검을 장난스럽게 허공에 휘둘렀다.

쩌억―

황중의 양옆에 있던 벽이 단번에 잘려 나간다. 검기인지 검풍인지 알 수 없는 것. 노린 것이 황충이었다면 단번에 황충의 목이 잘려 나갔을 것이다.

"으으으으으."

황충은 눈을 뒤룩뒤룩 굴리며 살아날 방법을 생각하고 있었다. 흑의인이 나서준다면 놈을 죽일 수 있을 것 같았지만, 흑의인에게 자신은 그저 대역에 불과했다.

꼭두각시 인형. 인형이 망가지면 바꾸어 버리면 그만이다. 그래도 흑의인을 이용하면 살 수 있으리라.

황충은 계속해서 머리를 굴려 흑의인을 나오게 할 방법을 생각했다.

"무슨 생각을 그렇게 하는 거야? 응?"

자운이 황충을 향해 점점 다가온다. 그 순간, 황충이 목숨을 구할 방도를 생각해 내고는 크게 소리쳤다.

"저놈, 저놈이 흑우파를 몰살시킨 놈입니다!"

살기 위해 말한 것이나 틀린 말은 아니다.

자운이 대단하다는 듯 고개를 끄덕였다.

"어? 정답인데, 어떻게 알았지?"

순간 황충은 '저 미친놈이 무슨 말을 하는 거지?'라고 생각했고, 황충의 뒤로 살짝 열린 방에서 비도가 날아들었다.

자운이 검을 들어 비도를 막고, 비도와 검이 충돌하며 불똥이 튀었다.

따당—

휘익—

바람 가르는 소리가 나며 황충의 앞으로 검은 옷자락이 날아들었다. 흑의인이 자운의 앞에 내려선 것. 흑의인이 자운을 향해 물었다.

"네가 흑우파를 멸문시킨 놈이 확실한가?"

"아, 그거? 내가 하기는 했지. 왜?"

흑의인의 눈이 가라앉았다.

"네놈을 죽여야겠구나."

"아서라, 아가야. 그러다가 네가 죽는 수가 있다."

자운이 피식 웃음을 터뜨렸다. 눈앞에 있는 놈은 늑대 정도 되나 했더니 역시 개다. 그래도 좀 훈련된 개라고 이빨을 드러내는 것이 제법 귀엽기까지 하다.

자운의 말에 흑의인이 양손으로 소검을 움켜쥐었다. 내공이 솟구쳐 소검으로 향하고, 흑의인에게만 들리는 소리가 울렸다.

우르릉—

"네놈, 찢어 죽인다!"

많은 양의 내공이 두 개의 소검으로 집중되는 소리. 자운이 먼저 검을 쑥 찔러 넣었다.

"네까짓 게?"

자운의 검에서 힘이 폭발했다. 텅 하는 소리와 함께 검과 검이 충돌하고, 내공을 단단하게 끌어올려 놓았던 덕분에 흑의인의 몸이 뒤로 날려 가는 일은 없었다.

하지만 반보 정도 밀리는 것은 어쩔 수 없었다.

"이거 봐. 안 된다니까."

"흥, 이 정도에 밀릴까?"

흑의인이 두 개의 소검을 비틀었다. 휘익 하는 소리와 함께 소검이 빙글빙글 돌며 바람을 뿌린다. 자운이 검을 거두어들였다. 소검에서 뿜어진 바람이 자운의 검에 충돌하고, 자운이 검을 휘둘러 모든 바람을 빗겨내었다.

그 순간, 흑의인이 비호처럼 자운을 향해 달려든다. 허공으로 녹아내리는 흑의인의 몸. 전형적인 살수의 보법이었다.

자운이 웃음을 터뜨렸다.

"대충 예상은 했는데, 살수가 처음부터 그렇게 모습을 드러내면 어떡해, 이 삼류야. 푸하하하하!"

자운의 웃음이 신경에 거슬렸던 탓일까?

자운을 향해 그가 비도를 뿌렸다. 다섯 개의 비도가 자운을 향해 빠르게 날아든다. 하나 자운은 당황하지 않았다.

그의 발치 아래에서 바람이 불고, 그의 소맷자락이 터질 듯 부풀어 올랐다. 그리고 단번에 손끝에서 다섯 줄기의 경력이 뿜어졌다.

따다다당—

경력이 비도와 충돌했다. 비도는 허공에서 힘을 잃고 아래로 떨어져 내렸다.

자운이 한 걸음을 성큼 움직였다.

바로 그곳은 비도가 날아온 곳, 흑의인이 몸을 숨기고 있는 담벼락의 그림자 아래였다.

흑의인이 헛바람을 들이켜며 뒤로 물러나고, 그 모습을 보며 자운이 물었다.

"잔재주는 이게 전부인가?"

이죽거리는 자운의 미소. 자운이 검을 횡으로 내리긋는다. 그리고 흑의인은 다시 몸을 숨겼다.

거검에서 강력한 힘이 솟구치며 일곱 개의 가로 선이 그어졌다.

단번에 일곱 줄기의 검격이 허공으로 비산하고, 사방으로 비산한 검격에 흑의인이 걸려들었다.

"큭!"

어깨가 살짝 베이는 신음. 신음성은 최대한 죽였지만 자운의 귀를 속일 수는 없었다. 또한 찰나지간에 흘러내린 어깨의 핏물을 숨길 수도 없었다.

자운은 피가 떨어지고 신음성이 들린 곳으로 몸을 날렸다.

"그렇게 숨으면 좋냐?"

허공에 수도를 내리긋는 자운. 자운의 손에 흑의인의 갈비뼈가 나갔다.

뚜둑—

뼈 부러지는 소리와 함께 신음성이 연달아 터져 나왔다. 그림자 속에 몸을 숨기고 있던 흑의인의 모습이 여과없이 드러난다.

자운이 놈을 향해서 걸어갔다.

"자, 그래, 누가 누굴 죽인다고 했더라?"

"크윽……."

흑의인이 신음을 흘리며 자운을 노려보았다. 부러진 갈비뼈가 폐를 찔렀다. 다시 어둠 속에 녹아들기 위해선 호흡 조절이 중요했다.

노린 것인지 그렇지 않으면 우연히 그런 것인지는 알 수 없으나, 폐에 구멍이 났으니 호흡 조절은 고사하고 조금 있으면 당연히 죽을 것이다.

자운이 히죽 웃었다.

"왜? 폐에 구멍이라도 났어?"

그 순간, 흑의인은 머리가 띵 울리는 충격을 받았다. 놈은 애초에 자신이 숨어든 곳을 알고 있었다. 그전에 검기를 비산시켜 위치를 찾은 것은 그야말로 자신의 실력을 숨기기 위한 속셈이다. 그것을 알고 있었으니 자신의 갈비뼈를 부러뜨려 정확하게 폐를 찌를 수 있었으리라.

"네, 네놈 실력을."

"아, 쉿. 거기까지."

자운이 검을 들었다. 그리고는 놈의 왼쪽 가슴을 단번에 꿰뚫어 버린다.

심장이 뚫렸으니 더 이상 살 수 있을 리가 없다.

놈은 자운을 향해 눈을 부릅뜨더니 그 자리에서 고개가 거꾸러졌다.

"별것도 아닌 게 사람 귀찮게 하고 있어."

자운이 몸을 빙글 돌려 황충을 바라보았다. 황충은 흑의인이 당하는 것을 보고 도망가기 시작한 지 오래. 자운이 가볍게 발을 굴렀다.

가벼운 발걸음에서 폭풍 같은 거력이 일어나고, 한줄기 섬광이 쏘아진 것처럼 빠르게 자운이 이동했다.

이동해 내려선 것은 황충의 바로 앞. 자운이 가볍게 황충의 앞에 내려선다.

"어딜."

자운이 손을 뻗었다. 자운의 손에서 벗어나기 위해 황충이 손을 휘둘렀으나 무공을 하나도 배우지 못한 황충이 무공을 익힌 자운의 손에서 벗어날 수 있을 리가 없었다.

자운의 손에 대번에 황충이 딸려 들어오고, 황충의 옷깃을 움켜쥔 자운이 그를 향해 낮게 중얼거렸다.

"내가 어디서 나왔는지 알아?"

자운이 자신의 수하들을 아주 쉽게 죽이는 장면을 보아왔다. 지금까지는 민초들에게 그가 저승의 염왕처럼 보였겠지만, 지금 황충의 눈에는 자운이 그렇게 보일 것이다.

"모, 모릅니다."

황충은 어느새 자신보다 새빨갛게 어려 보이는 자운에게 존댓말을 하고 있었다. 그의 두 눈과 다리는 겁을 먹어 오들오들 떨렸다.

하긴 그도 그럴 것이, 상대는 자신이 그렇게 겁먹었던 흑의인을 너무도 간단하게 날려 버린 사람이다.

겁을 먹지 않을 이유가 없는 것이다.

"나 황룡문에서 나왔어. 빚 갚으러."

자운이 피식피식 웃음을 흘렸다. 그에 비해서 황충은 오히려 죽을 맛이었다.

황룡문에서 빚을 갚으러 나왔다더니 빚을 갚기는커녕 오히려 온 건물을 다 부수어놓고 수하들을 모조리 죽이지 않았던가?

"비, 빚을 갚으러 왔으면서 수하들을 죽인 이유는 무엇이오?"

"아, 그거? 빚 갚기 전에 해결해야 하는 문제가 있어서."

자운의 말에 황충이 다시 물었는데, 묻는 그의 목소리가 잘게 떨렸다. 목소리에도 이미 겁이 스며들어 있었다.

"무, 무슨 문제 말이오?"

도대체 그 문제가 무엇이기에 모든 수하들을 죽여야 한다는 말인가?

겁만 먹지 않았어도 그렇게 소리치고 싶었다. 한데 그러기에는 눈앞의 상대가 너무나 무섭다.

그나마 지금 혼절하지 않은 것도 장한 일이라 할 수 있었다.

"혹시 이런 증상 들어본 적 있어?"

자운이 황충의 눈을 마주 보고 천천히 독의 증상에 대해서 읊었다.

"몸에 열이 없이 차가워지고, 백짓장처럼 사람 피부가 하얗게 변해. 근데 가슴에는 열꽃이 피기 시작하고 붉은 반점이 생겨나지. 그리고 잔병치레가 늘어."

자운이 계속해서 말을 이어나갔다.

"천천히 사람의 수명을 끊어놓는 독이야. 내공이 강하면 처리할 수 있지만, 일 갑자가 안 되면 내공으로 처리하는 게 불가능하지."

자운의 말을 듣고 있는 황충의 표정이 딱딱하게 변했다. 그러거나 말거나 자운은 말을 이어나가는 걸 멈추지 않는다.

"사실 별로 강한 독은 아닌데 유명한 독이 아니라 아는 사람이 없어. 남만에서나 가끔 쓰이는 독이지. 치료제를 만드는 것도 어렵지는 않아. 근데 아는 사람이 없으니 치료제를 찾기가 하늘에서 별 따기지. 혹시 이런 독 들어봤냐, 개새끼야?"

자운이 주르륵 읊은 증상은 우천이 겪은 것이다. 단순히 병에 걸린 것인 줄 알았던 그 증상은 바로 독에 의한 중독 증상이었던 것. 기억에 있는 독이었기에 운산에게서 그 증상을 듣는 순간 이놈들이 무언가 수를 썼다는 것을 알 수 있었다.

"으, 으헉!"

자운이 얼굴을 들이밀며 개새끼라고 하자 그가 대번에 숨 넘어갈 듯한 표정을 지어 보였다.

"사, 살려주십시오."

자신의 옷을 움켜쥐고 있는 자운을 향해 고개를 계속해서 숙이며 살려줄 것을 비는 황충의 모습에 자운이 웃음을 터뜨린다.

"살려줘? 살려줄까?"

자운이 검을 황충의 목에 들이밀었다. 자운의 검에 살갗이 상하고 피가 검을 타고 주르륵 흘러내린다.

자운이 황충을 노려보았다. 살려줄까? 살려줄까?

마치 그런 표정으로 황충을 노려보고, 황충은 계속해서 살려달라고 말하며 자운의 소매를 잡았다.

"사, 살려주십시오. 살려주십시오."

"좋아, 살려줄 수도 있어."

살려줄 수도 있다는 자운의 말에 황충의 눈에 생기가 돌았다. 그리고 자운의 말에 격하게 고개를 끄덕인다.

"사, 살려만 주십시오."

"내가 묻는 말에 대답만 잘해봐. 얼마든지 살려주지."

"무, 묻기만 하십시오."

그의 말에 자운이 히죽 웃어 보이고는 황충에게 물었다.

"네 뒤에 누가 있는지 말해."

그 말에 황충의 표정이 대번에 딱딱하게 굳었다. 뒤에 누가 있는지 말하라니, 황충은 곧 딱딱하게 굳은 표정을 풀고는 단번에 무슨 소린지 모르겠다는 표정을 지어 보였다.

"그, 그게 무슨 말씀이신지……."

"네 뒤에 있잖아. 다른 문파. 그거 누구인지 말하라고."

"무, 무슨 말을 하시는지 잘 모르겠습니다."

그 말에 자운이 그의 어깨를 움켜쥐고는 서서히 힘을 준다.

뚜둑—

어깨에 금이 가는 소리가 들리며 황충이 죽는다고 소리를 쳤다.

"으아아아악!"

"시간 끌지 마라. 눈 굴리지도 말고, 머리 굴리지도 마. 이미 다 알고 왔으니까."

"으악! 으악!! 무, 뭘 다 알고 왔다는 말입니까!"

황충이 이번에도 모르는 척을 하며 비명을 질렀다. 아마도 눈앞의 자운보다는 그 뒷배가 더 무서운 모양이다. 자운이 그의 목에 다시 검을 가져갔다.

"말해. 뒤에 누가 있는지."

그리고는 반대편 어깨를 부여잡는다. 내공이 흐르고 이번에도 뼈가 부서지는 소리가 나며 조각나기 시작했다.

으득—

으드득—

"으아아아아아악!"

"팔 병신 되기 싫으면 어서 말하는 게 좋을 거야."

하지만 아직까지 자운이 준 공포에 비해서 뒤에 있는 놈들이 무서운 모양이었다.

　황충이 필사적으로 고통을 견뎌내었다.

　"말 안 해? 이번이 마지막 기회다. 말해라."

　검을 움켜쥔 자운의 손에 힘이 들어간다.

　검날이 좀 굵은 혈관을 건드린 것인지 피가 왈칵왈칵 쏟아졌다. 빨리 지혈하지 않으면 위험할 것이다.

　자신의 목에서 쏟아지는 피가 입고 있는 의복을 붉게 적시자, 황충의 눈이 미칠 것처럼 흔들렸다.

　"마, 말하면 정말 살려줄 거요?"

　"아까도 말했지만, 말하면 살려줄 거야."

　자운이 황충의 어깨를 부여잡은 손에서 힘을 뺐다. 그리고는 부드럽게 웃으며 황충을 안심시켰다.

　"빨리 말해. 그럼 이것도 지혈해 줄 테니."

　황충의 목에서 솟아나는 피를 꾹 누른다. 지혈이 되지는 않았지만 이전보다 나오는 피의 양이 훨씬 줄어들었다.

　"다, 당신이 나를 보호해 줄 것이오?"

　"그래. 그렇게 해주지."

　황충은 지금 뒷배에 떨고 있는 것이다. 뒷배가 두려운데 죽기는 싫었다. 보호를 해준다는 자운의 말도 믿을 수가 없다.

　황충은 마음속으로 모든 재산을 챙겨 시골로 들어갈 생각을 했다.

'시골 깡촌에서 한 십 년만 살다 나와서 다른 성으로 가면 아무리 그곳이라도 나를 찾지는 못할 것이다.'

황충이 침을 꿀꺽 삼켰다.

"그, 그곳은 흑령문이오."

흑령문이라 말을 할 때 황충의 혀가 살짝 떨렸다. 두려움을 숨기지 못한 것. 흑령문이라는 말을 듣고 자운이 고개를 끄덕였다.

"역시."

이미 예측하고 있었다는 자운의 반응. 그 반응은 황충에게 중요한 것이 아니었다.

"그, 그럼 이제 살려주는 것이오?"

자운이 황충을 바라본다.

냉담하다 못해 삭막한 시선. 인간적인 감정이라곤 일체 배제된 그의 시선에 황충이 몸을 흠칫 떨었다.

자운이 황충의 상처를 막고 있던 손을 뗐다. 단번에 막혀 있던 피가 솟구쳤다.

황충의 눈에 의문이 어리고, 자운이 검을 치켜들었다.

"내가 널 살려줄 거라고?"

자운이 검을 더 높게 치켜들고, 황충이 눈을 크게 떴다.

황충의 눈이 심하게 떨렸다.

"사, 살려준다고 하지 않았소?"
자운의 검이 허공을 갈랐다.
황충의 목이 피분수와 함께 높이 치솟는다.
자운은 검을 빠르게 휘둘러 묻은 피를 털어내었다.
"그걸 믿냐. 살려주긴 개뿔이.

第五章 흑령문이 뭐하는 곳이냐?

황룡난신

 황룡문으로 돌아온 자운을 보고 우천은 기절할 뻔했다. 그의 소매에 묻어 있는 피 때문이다. 적지 않은 피의 양에 우천이 소리를 질렀다.

 "도대체 사람을 어떻게 때린 겁니까!"

 흑우파에서 보여줬던 신위를 생각한다면 자운이 맞았을 거라곤 생각하지 않는다. 아마도 사람을 패서 생긴 상처일 것이다. 그 말에 운산이 이리저리 손을 흔들어 보였다.

 "아, 좀 격하게 했더니 많이 묻었네."

 운산과 우천이 인상을 꽉 썼다. 도대체 사람을 얼마나 격하게 팼으면 저렇게 된다는 말인가? 가장 먼저 현실을 직시한 것은 운산이었다.

운산이 떨리는 목소리를 숨기지 못하며 자운에게 물었다.

"죽였어요?"

자운이 웃으며 고개를 끄덕인다.

"내가 그럼 그 개잡놈을 살려놓을 줄 알았어?"

황충은 무공을 모르는 무림인이다. 어쩌면 관에서 움직이게 될지도 모른다. 자운이 나가기 전에 우천이 한 말이다.

운산의 표정을 보고 자운이 걱정하지 말라는 듯 손을 흔들었다.

"걱정하지 말라고. 잘 태워서 파묻었으니까."

그 말에 우천이 기겁하며 물었다.

"사람을 어떻게 했다고요?"

"사람 아냐. 시체였지. 아, 그건 그렇다 치고, 너희들 어떻게 한 점을 남기지 않고 다 먹을 수 있냐?"

자운이 뼈만 앙상하게 남은 고기를 보며 말했다. 오랜 시간 다녀온 것도 아닌데 그사이에 모두 먹고 없다. 자운이 뼛조각을 만지작거리다가 한쪽으로 던져 버리고는 운산과 우천을 바라보았다.

"그래, 배 부르냐?"

자운의 물음에 둘이 답은 하지 않고 고개를 끄덕였다. 배가 부르다는 뜻. 둘의 고갯짓에 자운이 씨익 웃고는 남은 뼛조각들을 한쪽으로 발로 차버렸다.

"아, 그래, 배가 부르단 말이지."

자운이 웃었다.

"그럼 이제 무공을 제대로 한번 해볼까? 기초 체력부터 시작하자고."

운산과 우천은 황룡문의 일대제자, 이대제자라고 하기에는 너무나 약했다.

"너희들, 너무 약한 건 스스로 알고 있지?"

자운의 물음에 운산과 우천이 말을 하지 못했다. 스스로의 무공 실력이 부족함은 이미 알고 있었다. 한데 자운이 그 부분을 콕 집어 말하니 뭐라 말을 할 수 없는 것이다.

"왜 말을 안 하냐?"

하지만 자운은 답을 요구했다.

자운이 계속해서 눈빛으로 답을 요구하자 운산과 우천이 마지못해 고개를 끄덕이며 말했다.

"예."

"알고 있습니다, 대사형."

"그럼 수련을 해야지. 일단 오늘은 먹은 거 소화되게 쉬어라. 내일부터 시작할 거니까."

쉬라고 했는데도 밖에서는 검 휘두르는 소리가 들렸다. 자운은 그 소리를 듣고 피식 웃음을 흘렸다.

"보기보다 생각이 있고 노력을 하는 놈들이네."

아무래도 수련 계획을 다시 짜야 할 듯하다. 저 정도면 조만간 만족할 만한 속도를 보이며 성장할 것이다. 나이를 먹은 것이 문제라면 문제이긴 하지만.

'이거면 충분하지.'

자운이 손가락 끝을 바라보았다.

우우웅―

손가락 끝에서 웅혼하고 정심한 내력이 맴돌고, 자운이 그것으로 탁자를 살짝 눌렀다.

우직―

탁자가 손가락 모양으로 살짝 파인다. 그 깊이는 미약했으나 자운의 손가락 자국만은 뚜렷하게 남아 있었다.

"그럼 일단 이걸 마무리해야 하는데……."

자운의 눈앞에는 빈 종이와 갈다 만 먹이 자리하고 있었다. 그는 무공을 열거하고 있는 중이었다. 자운이 자신의 앞에 놓인 백지를 보고 한숨을 쉬었다.

"젠장, 불만 나지 않았어도."

불이 나 황룡문의 무공을 보관하고 있던 승룡전(昇龍殿)이 반쯤 불에 타버렸다. 그때 소실된 무공도 있으며 일부는 보관을 잘 하지 못해 사라졌다.

그리고 불에 그을려 중간의 내용을 알아볼 수 없게 된 무공도 상당히 있었다.

그러니 자운이 머리를 싸잡으면서도 당장에 필요한 무공들을 옮겨 적을 수밖에 없는 것이다.

눈앞에 있는 종이를 보니 막막하기만 하다.

"일단은 적어보자."

* * *

"아침에 일어나면 가장 먼저 해야 할 것은 마보다. 마보는 하체의 힘을 튼튼하게 해줄 뿐만이 아니라 허리와 목의 근육 역시 강하게 해준다. 허리와 목의 근육은 회전이 가미된 초식이나 공격을 할 때 많이 사용하는 부위이니 이 부분을 단련해 두면 공격 시에 굉장히 쓸 만하지."

자운이 손을 흔들었다.

"근데 이게 끝이 아니야. 이런 것도 할 수 있어."

자운이 발끝으로 가볍게 땅을 박찼다. 신형이 허공을 향해 쏘아진 듯 솟아오른다.

허공에서 잠시 바람을 타며 체공을 하던 자운이 아래를 내려다보며 물었다.

"이렇게 허공에 떠 있을 때 보통 공격을 피하지 못한다고 생각하는 게 정상이지."

자운이 허리를 이리저리 움직이기 시작한다.

"하지만 마보를 통해 허리와 목, 그리고 다리 근육을 충분히 단련한다면 이런 것도 할 수 있다."

자운이 자신의 다리를 틀었다. 동시에 허리가 휘감기며 회전이 발생하고, 그 회전이 등 근육을 타고 올라가 목까지 이어졌다.

바람이 동반되며 자운의 몸이 휘리릭 허공에서 회전한다.

허공에서 몸을 뒤틀기 어렵다는 일반적인 상식을 완전히 바꿔 버리는 움직임. 자운은 그런 회전을 한 후 유유히 땅에 내려와 가볍게 허리를 두드렸다.

"아이고, 오랜만에 하니까 죽겠다. 어쨌든 이런 걸 할 수 있다는 거야."

자운이 마보를 취하며 온몸으로 땀을 흘리고 있는 운산과 우천을 바라보았다.

"근데 너네 표정이 안 좋은데? 나한테 불만이라도 있는 거냐?"

"아, 아닙니다!"

운산이 큰 소리로 소리쳤다. 소리치는 그의 뺨을 타고 굵은 땀방울이 떨어져 내렸다.

"그래? 아직 견딜 만하단 거야?"

자운이 황룡문의 한쪽 구석으로 걸어갔다. 그리고는 누가 봐도 큼지막한 바위 하나씩을 집어 들어 다시 운산과 우천의 앞으로 걸어왔다.

"너희 둘 중 한 명이라도 마보 풀리면 한 시진씩 마보 더 한다. 알겠냐?"

그렇게 말하며 그 큰 돌을 운산과 우천의 팔 위에 올려놓았다.

"큭."

둘의 입을 비집고 신음이 흘러나오고, 단번에 둘의 얼굴이 창백하게 변했다.

"자, 이제 반 시진밖에 안 남았다. 열심히 해라."

웃으며 손을 흔드는 자운을 보고 둘이 침을 삼켰다.

다리가 아파 죽을 것 같은데 여기서 무너지면 더 힘들어진다. 그리고 이 과정을 이겨내야 황룡문의 무공을 배울 수 있을 것이라 했다.

운산과 우천은 흑우파에서 자운이 보여준 신위와 훈련에 들어서기 전에 했던 말을 떠올렸다.

'이걸 견뎌내지 못하면 그 어떤 황룡문의 무공도 소화할 수 없지. 원래는 천천히 몸을 만들어야 하는데, 너넨 나이도 있고 빨리 해야 하니까 좀 팍팍 해야겠다. 이해하고 알아서

참아라.'

 대충 말했으나 한 가지 의미는 확실하게 전달이 되었다. 이걸 견뎌내지 못한다면 그 어떤 황룡문의 무공도 익힐 수 없다.

 운산과 우천이 이를 꽉 깨물었다.

 '견뎌내자.'

 둘의 눈에 강한 의지가 서리고, 두 다리에 힘이 들어갔다.

 자운은 그 외에도 둘의 훈련을 적극적으로 관리해 주었다. 마보 이외에도 연무장을 달리도록 하는가 하면 무공을 익히는 데 필요한 잔근육을 충분히 발달시킬 수 있는 여러 가지 행동을 시켰다.

 그 중간 중간 자운이 던지는 한마디 한마디는 그들의 수련에 있어 그야말로 중요한 금과옥조가 되었고, 그것을 발판 삼아 그들은 조금씩 발전하기 시작했다.

 어느 정도의 시간이 흐르고, 예전과는 다르게 근육이 잡힌 그들의 모습을 보며 자운이 고개를 끄덕였다.

 "음, 이제 그릇은 얼추 된 것 같고. 본격적으로 해볼까?"

 "황룡문의 무공 중 가장 중요한 것은 검공이다. 대부분의 무공이 검공으로 이루어져 있고, 열에 일곱 정도가 검공이라 할 정도로 검공의 비중이 높지. 이 정도는 알고 있지?"

황룡문이 예전에는 날리는 검문이었다는 사실은 운산과 우천 역시 알고 있었다.

 둘은 자운의 물음에 고개를 끄덕였고, 그들이 고개를 끄덕이자 자운이 계속해서 말을 이어나갔다.

 "근데 검이라는 거 하나로 싸울 수는 없는 법 아니냐. 칼질 좀 하다 보면 도망갈 때도 있고 필요하면 주먹질도 해야 하고, 가능하면 발길질도 해서 저 멀리 치워 버리고 해야지, 안 그래? 덤으로 손바닥으로 뺨따귀도 좀 때려 버리고."

 자운의 거칠 것 없는 말에 우천이 딴지를 걸었다.

 "대, 대사형, 보법, 장법, 권법, 각법이라는 좋은 말을 두고 그렇게 말하는 건……."

 자운이 손끝으로 우천의 이마를 딱 때렸다.

 "손바닥이든 장법이든 잘 죽이기만 하면 그게 그거야. 알았어? 대충 알아서 들어. 뭐 어쨌든 검도 중요하지만 다른 것도 중요하다는 거지. 그 기본이 되는 것은 움직임이다. 너네는 지금까지 그 움직임의 기본인 근육을 만들었다. 물론 내 덕분이니 다음에 술 한잔 사도록 하고."

 자운이 손바닥을 탁탁 떨며 생색을 내었다.

 "술을 사기 전에 너네는 오늘부터 보법 훈련과 반사신경 훈련에 들어간다. 알겠냐?"

 "보법이라면 어떤 보법부터……."

그들은 내심 자운이 운해황룡을 알려주기를 바랐다. 구름 속을 노니는 듯한 용의 모습, 얼마나 멋있는가?

자운이 그들의 생각을 읽고 콧방귀를 꼈다.

"운해황룡은 너네들에게는 아직 안 돼. 그러니까 먼저 지룡천보행(地龍千步行)부터 시작한다."

"예에? 지룡천보행이요?"

지룡천보행. 지룡은 땅에 사는 용으로서 이무기를 의미한다. 이무기가 용이 되기 위해 천 걸음을 발로 기어간다는 의미로써 천 번에 가까운 변화를 일으킨다는 보법이었다.

물론 황룡문의 기본 보법이고 실제로 천 번이나 되는 변화를 일으키지는 않는다. 하지만 여타의 보법에 비해 변화의 수가 많은 것은 사실이었다.

"왜? 기본이라서 다 할 줄 아냐?"

자운의 말에 운산과 우천은 내색은 하지 않았지만 내심 그렇다는 표정을 지어 보였다. 지룡천보행이라니, 그것은 황룡문에 입문하면 처음 배우는 보법이 아닌가?

"그래? 그럼 내가 지금부터 너희들에게 뭘 던질 거야. 그걸 지룡천보행만으로 피해봐라. 일다경만 피할 수 있으면 운해황룡을 알려주지."

"그게 정말입니까?"

"얼마든지. 그럼 자세 잡아."

자세를 잡으라고 하며 자운은 모래 한 주먹을 폈다. 중간중간 자갈이 섞여 올라왔다.

"지금 그걸 던지시려고요?"

운산과 우천이 자운이 주워 든 모래를 보며 말했다. 아무리 그래도 그렇지 어떻게 모래를 피하란 말인가?

"피하든 방향을 바꾸든 보법만 사용해서 알아서 처리해 봐."

"정말로 그걸 던지실 겁니까?"

"내공도 담을 건데?"

그 말에 운산이 소리 쳤다.

"그게 말이나 된……?!"

소리치려는 순간, 모래가 날아든다. 운산과 우천이 바쁘게 보법을 밟았다. 하지만 내공을 담은 모든 모래를 피할 순 없다.

대사막의 용권풍에 휩쓸린 듯한 거친 모래 알갱이가 그들의 몸을 때렸다.

"으악!"

그 고통을 견디다 못한 우천이 뒤로 벌렁 넘어지고, 운산은 그 자리에서 다른 보법을 써서 빠져나왔다.

자운이 그 모습을 보고는 혀를 끌끌 찼다.

"이걸 어떻게 못하냐."

눈에 들어간 모래를 비벼 꺼내는 우천, 운산은 기침을 하며 말했다.

"콜록콜록! 그럼 대사형은, 콜록, 저걸 다 피할 수 있다는 말입니까?"

"피하는 건 무리지만 지룡천보행으로 어떻게든 할 수는 있지."

그 말에 우천이 갑작스럽게 모래를 집어 확 던졌다.

자운의 발이 변화를 일으켰다. 지룡천보행, 이무기가 용이 되기 위한 고행의 천 걸음을 움직였다.

그 과정에서 자운을 향해 던져진 모래 알갱이가 한 자리로 모이기 시작했다.

둥글게 모여드는 그 모습은 흡사 여의주와 같았고, 마침내 자운이 마지막 변화를 마치자 자운의 발치 아래에는 모래가 수북하게 쌓여 있었다.

"이게 지룡천보행이다. 지룡은 괜히 천 걸음을 움직이는 게 아니야. 고행으로 여의주를 만들려고 하는 거지. 그걸 알고 힘을 집약시키면 이렇게 어떤 공격이든 자신의 아래에 둘 수 있다."

물론 이건 지룡천보행이 극에 달해서야 가능한 것이었다.

"너희들에게 이 정도를 바라지는 않지만, 최소한 공격을 통제하에 두기 위한 노력이라도 좀 해봐라."

그리고는 우천이 그랬던 것처럼 자운이 모래를 갑작스럽게 휙 던졌다.

그것에 맞은 우천이 죽는다고 비명을 지르며 산불 맞은 멧돼지처럼 뛰었다.

"으아아아악!"

"후욱! 후욱!"

지쳐서 숨을 몰아쉬고 있는 운산과 우천을 향해 자운이 다가왔다. 자운이 피식피식 웃음을 흘리며 다가오자 운산과 우천은 움찔했으나 곧 다시 호흡을 몰아쉬기 시작했다.

자운은 그런 운산과 우천의 옆에 주저앉았다.

"힘드냐?"

대답을 한 것은 우천이었다.

"헤엑! 헤엑! 대사형 같으면 안 힘드시겠어요?"

"물론 힘들겠지. 힘들어서 미칠 거 같겠지. 그래도 해야 해. 왜냐하면 너넨 약하니까."

그렇게 말하며 자운이 양손을 뻗었다. 자운의 손에 운산과 우천의 맥이 잡히고, 자운이 맥으로 기운을 흘려 넣었다.

찌릿—

찌릿한 감각이 맥을 타고 흘러들어 오자 운산과 우천은 한순간 움찔했으나 그것이 곧 자운의 기운이라는 사실을 알고는 가만히 있었다.

'쯧쯧, 맥이 얇고 좁아. 훈련이 전혀 되어 있지 않네. 그리고 내공의 양은 이게 뭐야? 그나마 다행인 건 근골이 나쁘지 않다는 건데, 맥은 수련하면서 단련해야겠네.'

자운이 운산의 맥을 놓으며 신음을 흘렸다. 그리고 곧 우천의 맥을 살피기 시작한다.

우천의 맥을 살피던 자운이 눈을 크게 치켜떴다. 근골이 좋지 않아 기대도 하지 않았던 우천의 맥이 넓고 탄탄했던 것이다.

마치 오랜 시간 내공을 정양한 고수와 같은 맥. 자운이 눈을 치켜뜨며 속으로 감탄을 토했다.

'호오, 이놈 봐라? 내가 고수가 되기 위해 타고났네. 거기에 불순물도 없어?'

운산은 내공과 외공 수련을 효율적으로 하여 균형있는 고수를 만들어야겠지만, 우천은 내공에 좀 더 비중을 두어 내공의 고수로 만들면 성장이 더욱 빠를 것이다.

'그렇다고 해서 외공을 전혀 하지 않아도 되는 것은 아니지만.'

자운이 곧 그들의 맥에서 손을 떼고 먼저 운산의 등을 짝 하고 때렸다.

"야, 가부좌 틀어봐."

"예옛? 왜 그러십니까?"

"짜식이, 대사형이 들어보라고 하면 '예, 알겠습니다' 하고 그냥 하는 거야. 해봐."

자운의 말에 운산은 찜찜한 마음이 드는 와중에도 가부좌를 틀었다. 자운은 그런 운산의 등 뒤로 가서 앉았고, 그의 등에 손바닥을 대었다.

"지금부터 내 기운이 네 몸속으로 들어갈 거다. 거부하지 말고 받아들여라. 그리고 이거 물어."

자운이 운산에게 천으로 묶은 나무토막 하나를 내밀었다. 입에 물기 딱 좋은 크기. 운산이 자운에게서 나무토막을 받아들며 묻는다.

"이게 뭡니까?"

"아아, 별거 아닌데, 지금부터 할 게 좀 아파서. 엄살이 심한 너희들이 비명이라도 지르면 큰일이거든. 그래서 물고 있으라고."

그렇게 말하며 다시 나무토막을 빼앗아 강제로 입에 물렸다.

이어 자운의 손바닥에 웅혼한 내공이 감싸고 돌았다. 내공은 장심을 향해 뭉치고, 가장 먼저 뻗어 나간 내공이 운산의 맥을 휘감았다.

앞으로 몰아칠 노도와 같은 내공에서 얇고 약한 운산의 기맥을 보호하기 위함이다.

아니나 다를까, 곧 엄청난 해일이 기맥 속에서 굽이치기 시작했다.

해일은 거대한 내공의 파도가 되어 거침없이 운산의 몸속을 헤집는다.

운산이 속으로 비명을 질렀다.

'커억!'

입에는 다행히 천으로 감싸인 나무토막을 물고 있었기에 비명이 새어 나오지는 않았다. 하지만 속에서는 그야말로 죽을 맛. 온몸의 육본 하나하나가 비명을 지르는 듯하다.

'어, 엄살이 안 심해도 이 정도면 죽겠습니다, 대사형!!'

자운에게 그렇게 소리치고 싶었으나 이를 악물었다. 이것이 무엇인지 알고 있기 때문이다. 자운이 무지막지한 내공으로 운산의 몸을 벌모세수해 주고 있는 것이다.

노도와 같이 휘몰아치는 내공이 운산의 몸을 주천하기 시작한다.

그 순서는 황룡문의 내공심법과 같은 순. 익숙한 순으로 내공이 돌아가고, 운산은 자신의 몸을 천천히 관조했다. 자운의 내공이 온몸으로 스며들어 노폐물을 밖으로 내보낸다.

내보내지 않는 것은 내공이 힘으로 찍어 눌러 태워 버렸다.

'이것이 대사형의 내공.'

도대체 얼마나 끝도 없는 내력을 지니고 있다는 말인가?

그로서는 감히 측량도 할 수 없는 내력의 깊이였다.

자운의 내력이 운산의 몸속에 불순물을 걸러내고, 사지백해로 뻗어 나갔다. 이것을 행하는 자운 역시 쉬운 것은 아니었다.

그 증거로 그의 볼이 잘게 떨린다. 내력이 충분하다고는 하지만 아기도 아닌 다 자란 운산의 몸을 벌모세수하는 것은 쉽지 않은 일이었다.

자운의 내력이 막혀 있는 얇은 기맥을 모두 뚫었다. 이제 남은 것은 임독양맥. 자운의 내공은 임독양맥 앞에서 멈추었다.

그리고 다시 빠져나와 자운의 팔을 타고 단전으로 돌아갔다.

'임독양맥은 스스로 뚫어야 하는 일이지.'

임독양맥을 뚫을 수 있다면 대번에 고수가 될 것이 분명하나 잘못 건드리면 폐인이 될 수도 있는 위험한 혈맥이다.

그렇기에 자운은 임독양맥을 건드리기보다는 그저 내버려두는 것을 택했다.

모든 내공이 자운의 몸속으로 돌아오고, 자운은 큰 숨을 내뱉었다.

"푸하! 힘들다."

자운은 곧 운산의 등에서 손을 떼며 손을 탈탈 털었다. 그리고 기대하는 눈빛을 보내고 있는 우천을 바라보았다.
"너도 해달라고?"
"예? 에… 꼭 그런 건 아니고, 할 수 있으면……."
우천의 모습에 자운이 피식 웃었다. 그리고는 막 운공에 빠져든 우천을 손가락으로 가리키며 말했다.
"아까 맥을 잡아봤는데, 넌 할 필요 없는 거 같더라. 그러니까 걱정하지 마라. 이놈은 맥이 좁고 약했어. 넌 튼튼하고 불순물도 얼마 없었으니까 한 반년 정도만 하면 알아서 사라질 거다."
그게 정말이냐는 듯 바라보는 우천의 등을 짝 소리가 나게 때렸다.
"정말이니까 너도 할 것 없으면 운공이나 해."

운산이 깨어난 것은 두 시진이 조금 못 흘러서였다.
"어때?"
자운의 질문에 운산이 고개를 절레절레 흔들었다.
"아직 잘 모르겠습니다."
"그렇지? 원래 다 그런 거야. 잘 모르겠는 거야. 그럼 아무 무공이나 하나 펼쳐 봐."
자운의 말에 운산이 검을 뽑아 황룡문의 무공을 펼쳤다. 허공에 검이 수놓아지고, 운산의 내력이 검로를 쫓는다.

 한차례 바람이 불었다. 검과 함께 바람이 대번에 쏟아진다. 내공이 이전과는 다르게 물 흐르듯 움직인다. 끊어짐도 없었고, 내공의 수발이 한결 편해진 느낌이다. 운산이 감탄을 터뜨렸다.

 "아!"

 "어때? 나쁘지 않지?"

 운산이 고개를 끄덕였다.

 "그래, 그거 좀 힘든 거니까 앞으로 칼질 열심히 해라."

 '너희가 칼질을 열심히 해야 내가 좀 편해진다.'

 속마음은 숨기고 득이 될 만한 이야기를 해주자 운산이 감격한 표정을 했다.

 "대사형······."

 운산이 감동한 표정으로 자신을 바라보자 자운의 콧대가 한껏 높아졌다.

 "이 대사형의 위대함을 좀 알겠냐?"

 "존경합니다, 대사형!"

 운산이 자운을 끌어안으려 했다. 그런 운산의 행동에 자운이 기겁하며 물러섰다.

 "이놈이 징그럽게 왜 이래!"

 주먹을 휘두르는 것이 때리려는 요량. 하지만 운산은 계속해서 감격한 눈빛으로 자운을 향해 걸어갔다.

"야, 인마! 오지 마라. 남자 놈한테 취향 없다. 취향 없다고!"

운산과 자운이 한참 그것으로 실랑이하고 있는 동안 뒤늦게 운기에 빠져들었던 우천이 깨어났다. 그리고는 운산과 자운을 향해 묻는다.

"뭣들 하고 계신 겁니까?"

"닥쳐! 아무것도 아니니까!"

운산에게 향하던 주먹질이 대번에 우천에게로 방향을 바꾸었다. 자운의 주먹질을 그대로 맞은 우천이 뒤로 벌렁 넘어졌다.

"크엑!"

비명을 지르는 우천을 뒤로하고 운산을 간신히 떼놓은 자운이 물었다.

"그것보다 흑령문이 뭐하는 곳이냐?"

황룡난신

 자운이 황충에게서 가지고 온 돈을 운산과 우천 앞에 던져주었다.

 터엉—

 묵직한 금자가 그들의 앞으로 떨어지며 마루가 한 차례 잘게 떨렸다. 운산과 우천은 처음에는 이게 무엇인가 하는 눈빛을 보이다가 자루를 열어보고는 기겁하는 표정을 지었다.

 "이, 이게 무슨 돈입니까!?"

 "금자다, 금자!"

 우천에 비해서는 운산이 조금 더 정상적인 반응이었다. 운산은 우천을 바라보며 누구를 닮아가는 듯한 느낌을 받았다.

'착각이겠지.'

아니기를 빌었다.

"뭐긴, 누런 벌레한테서 가지고 온 거지."

자운이 입맛을 다시며 말했다.

"그 돈을 다 가지고 왔다고요?"

"아니. 그럴 리가? 아쉽게도 기명 전표는 내가 쓸 수가 없어서 현금만 들고 나왔지."

자운이 손바닥을 탁탁 치며 말했다.

"자, 그걸로 지금부터 문파를 복구하도록 한다. 알겠냐?"

"이걸로요?"

자운이 고개를 끄덕였다.

"어. 무너진 담벼락도 새로 만들고 문파 정비도 좀 하고, 총관 같은 것도 좀 받아들여."

운산이 눈앞에 있는 돈을 눈으로 대충 헤아려 보았다. 이 정도면 자운이 말한 정도의 일은 할 수 있을 것 같았다. 남은 것은 무너져 내린 건물들과 그 이후의 유지비. 그것들을 보충하면 될 터였다.

"이 돈을 다 쓰면 유지비는 어디서 구합니까?"

"왜, 그거 있잖아. 흑우파한테 넘겨받은 영업장들. 정리할 거 정리하고 나서 몇 개 남진 않겠지만, 그 정도면 뭐 어느 정도는 충당이 되겠지. 나머지는 좀 더 생각을 해보고."

 정확하게 말하면 넘겨 받은 것이 아니라 빼앗은 거지만 운산과 우천은 딱히 그 부분에 대해서 지적을 하지 않았다. 많은 날을 함께 보낸 것은 아니지만 이제 어느 정도 자운의 성격이 눈에 보이기 때문. 우천이 고개를 갸웃하며 물었다.

 "그럼 문주는 대사형이 하는 건가요?"

 우천의 물음에 운산 역시 자루에서 돈이 흘러나오지 않도록 다시 단단히 묶다가 고개를 들어 자운을 바라보았다.

 자운은 우천의 물음에 턱을 잡았다.

 "흠."

 솔직히 문주 자리에 마음이 있는 것도 아니고 이리저리 귀찮은 일처리를 도맡아야 할 테니 별로 하고 싶은 일도 아니다. 자운이 눈으로 찬찬히 우천과 운산을 바라보았다.

 만약 다른 녀석에게 하라고 한다면 그것은 아마도 운산이 되어야 할 것이다.

 한데……

 '이놈, 너무 약해.'

 자운이 입맛을 쩝 다셨다. 일파의 문주라고 하기에는 운산의 실력이 형편없었던 것. 자운이 입맛을 쩝쩝 다셨다.

 아무래도 당분간은 이 귀찮은 일을 도맡아해야 할 듯하다.

 자운이 큰 소리가 나도록 손바닥으로 탁자를 때렸다.

짝—

"문주는 모르겠고, 당분간은 내가 문주 대리를 하도록 하지. 문주야 문파가 안정된 후에 뽑아도 늦지 않을 거야."

'너 강해지고 나면.'

자운이 운산을 보며 속마음은 숨기고 말했다.

고작 문도 셋. 여기서 문주를 정한다는 것도 조금은 웃긴 이야기였다. 이야기를 마친 자운은 자리에서 일어났다. 운산이 자운을 바라보았다.

마치 뭐하러 가느냐고 묻는 듯한 표정. 자운이 우천을 불렀다.

"우천아, 너 저번에 내가 준 흑우파 사업장, 그거 분류할 건 다 분류했지?"

우천이 고개를 끄덕였다.

"예. 불법적인 도박장이나 사채 같은 건 따로 분류를 했고, 관의 허락이 떨어진 도박장이나 기루는 그대로 놓아두었습니다."

자운이 잘했다는 듯 고개를 끄덕였다.

"그러면 넌 나랑 같이 좀 가자. 운산 너는 그거 계획 좀 세워놓고."

"어디를 말인가요?"

같이 가자는 말에 우천이 물었다.

"그놈들이 그냥 사라져 하면 곱게 사라지겠니? 가서 좀 털어줘야 사라지지."

자운이 두 주먹을 흔들었다.

사실 불법적인 도박장 따위를 뿌리 뽑는 것은 매우 어려운 일이라 할 수 있었다. 놈들은 질길 뿐만이 아니라 사파 하나 둘과는 꼭 인연을 가지고 있기 때문.

하지만 자운과 우천이 지금 찾아가는 도박장은 아니었다. 몇 개의 도박장을 정리하면서 느낀 것인데, 흑우파가 사라져 버린 지금 그들은 배 째라는 식으로 장사를 하는 것과 마찬가지였다.

'주먹 몇 번 휘두르면 사라질 것들이 사람 귀찮게 하고 있어.'

처음에는 말로 해보았지만 들어 처먹을 것들이 아니니 부득이하게 자운이 주먹을 쓸 수밖에 없었던 것이다.

길을 가던 자운이 기루의 한곳을 보더니 미간을 찌푸렸다. 그리고는 혀를 가볍게 찼다.

"이백 년 전이나 지금이나 크게 다를 건 없네."

자운의 시선이 향하고 있는 곳은 기루의 깃발이었다. 깃발을 한참이나 보던 자운이 피식 웃음을 흘리고는 고개를 돌려 우천을 바라보았다.

"이제 몇 개나 남았냐?"

자운의 물음에 우천이 품에 가지고 있던 서류를 몇 장 넘겨 보며 말했다.

"이제 마지막입니다."

그의 말에 자운이 기분 좋게 고개를 끄덕인다.

"좋네. 이제 들어가서 밥 좀 먹고 잠 좀 잘 수 있겠다."

자운이 도박장의 문을 밀었다. 해가 지고 있는 저녁인 만큼 도박장 내부에 사람들이 많은 것은 아니나 으레 그러하듯 도박장을 지키는 삼류도 되지 못한 칼잡이들이 있게 마련이다.

그들이 자운의 앞으로 다가와 길을 막았다.

"어디서 오시는 분들이오?"

불법적인 도박장의 경우, 일반적으로 고정 손님들이 오는 경우가 많다. 그래서 새로운 손님이면 자연스럽게 경계를 하게 되는 것이다. 하물며 그것이 허리에 칼을 차고 있는 무림인이라면 더욱 그러할 것이다.

자운이 놈을 향해 이죽이며 말했다.

"황룡문!"

놈의 표정이 대번에 딱딱하게 굳었고, 자운이 발을 쭉 뻗었다.

발이 땅과 수평으로 뻗어지며 그대로 칼잡이를 걷어찬다. 단번에 문 너머로 날아간 칼잡이가 바닥을 굴렀다.

콰타다당—

그 바람에 몇 개의 도박판이 뒤집어지고, 아래쪽에서 자운을 올려다보는 시선들이 느껴졌다.

대부분 도박을 하고 있던 인물들. 자운이 그들을 향해 손을 가볍게 흔들며 도박장이 있는 지하로 천천히 걸어 내려갔다.

"오늘 여기 영업 끝났으니 다들 일 없으면 가봐."

자운이 검을 들고 그렇게 말했으나 아무도 가는 이는 없다. 이전에 다녀온 대부분의 도박장 역시 그러했다. 이 정도 소란은 도박장에서 항시 있는 일이었고, 도박장에 있는 칼잡이들을 믿었기 때문이다.

그 사실을 앞의 몇 번의 경험으로 알고 있는 자운이 한숨을 내쉬었다.

"그럼 그렇지. 가란다고 곱게 가면 그게 말이 되겠냐."

그런 자운의 뒤로 우천이 따라 들어오고, 그들의 앞에 도박장에 소속된 칼잡이들과 도박장의 주인이 섰다.

"어디서 온 누구냐?"

자운이 도박장주를 향해 이죽거렸다.

"그걸 알면 뭐하게?"

도박장주가 씨익 웃는다. 사람 여럿 죽여 본 미소. 그가 이죽이며 자운을 향해 말했다.

"우리는 황룡문에 소속된 도박장이지. 황룡문의 초고수가 이 사실을 알면 가만히 있을 것 같으냐?"

황룡문이라는 말에 자운의 이마에 실금이 갔다. 흑우파의 이권이 황룡문에 넘어간 것은 사실이나 지금 자운이 방문한 문파는 황룡문에서 정리를 통보를 한 곳이었다.

'그런데 이렇게 황룡문 이름을 막 팔아?'

자운이 검을 꾸욱 움켜쥐었다. 자운의 검에 음각된 황룡이 꿈틀거렸다.

"지랄들 한다."

자운이 주먹으로 허공을 때렸다. 허공이 그대로 밀려나며 강력한 권풍이 터져 나왔다.

"푸악!"

그 권풍 단 한 방에 코가 무너진 사내가 뒤로 날아가며 비명을 질렀다. 자운이 연달아 주먹을 뿌리며 외쳤다.

"내가 바로 그 황룡문의 고수다, 이 멍청한 놈들아!"

자운의 손에 걸린 그들이 멀쩡하게 끝이 날 리가 없다. 꼭 어딘가 한쪽이 부서지고 꺾이고 박살이 났다. 자운의 권은 무자비하게 공간을 덮었고, 사방으로 권풍이 휘몰아친다.

가장 처음 자운의 권풍을 맞고 날아간 자가 부러져 피가 흐르는 코를 움켜쥐고 말했다.

"크윽! 이놈! 이 아래에 누가 있는 줄 아느냐?"

"아까는 내가 여기의 뒷배라고 하더니 이제는 또 누가 있는데?"

 자운이 기가 막힌다는 듯한 표정으로 검기를 쏘아보냈다. 단번에 검기가 날아들어 도박장주가 가리키던 문을 절반으로 쪼개었다. 그러자 그 안으로 한층 더 내려가는 계단이 드러난다.

 "자, 문도 열어줬으니 어디 한번 불러내 봐."

 자운이 여유롭게 말했다. 이미 주변의 기물들은 모두 부서진 지 오래고 손님들도 도망간 지 오래였다. 도박장주의 수하들은 모두 성한 몸으로 서 있질 못했고, 주변을 휙휙 둘러보던 그가 빠르게 몸을 날려 계단 아래로 내려갔다.

 "안 쫓아가도 됩니까? 저기 혹시 비밀 통로라도 있으면……"

 우천의 말에 자운이 딱 부러지게 답했다.

 "안 쫓아가. 그리고 비밀 통로는 저쪽이 아니라 이쪽이지."

 자운이 반대편으로 검기를 날렸다. 평범한 벽이었던 곳이 동강나며 그 너머로 텅 빈 공간이 드러난다.

 "비밀 통로를 이렇게 벽처럼 위장해 둬야지 저렇게 문으로 만들어놓는 놈이 어디 있냐. 그거보다 비밀 통로가 아닌 저 아래를 택했다는 거지."

 자운이 턱을 쓸었다.

"말 그대로 저 아래에는 비밀 통로보다 더 믿음직한 게 있다는 거고, 우리는 그걸 기다려야 하는 입장이라는 거지."

자운이 꽉 소리가 나도록 검을 나무 바닥에 박아 넣었다. 검이 거칠 것 없이 나무 바닥을 파고든다. 그 깊이는 자운이 언제든지 손잡이를 움켜쥐고 검을 휘두를 수 있을 정도의 깊이. 자운은 계속해서 도박장주가 내려간 곳을 바라보았고, 우천은 질식할 듯한 긴장감 속에 침을 꿀꺽 삼켰다.

팽팽하게 당겨진 활의 시위와 같은 긴장감이 이어지고, 곧 자운이 어둠 속을 보고 말했다.

"온다."

자운의 말대로 어둠 속에서 거도를 가진 사내가 모습을 드러내었다. 거대한 거치도의 도인이 어둠 속에서 빛을 발했다.

마치 성성이와 같이 털이 난 사내. 얼핏 보기에는 산적 두목과 같이 생겼고, 두 팔은 웬만한 아낙들 허벅다리보다 굵었다.

타고난 신력을 자랑하게 생긴 사내. 우천이 그를 알아본 듯 동공이 커졌다.

하지만 자운은 그를 알아볼 수 있을 리가 없다.

"누구냐, 저거?"

자운이 경망스럽게 손가락 끝으로 거치도의 사내를 지목했다. 그의 손짓에 사내의 눈이 꿈틀 움직인다.

"어린놈이 꽤 잔망스럽게 구는구나."

외모가 이십대라고는 하나 자운의 나이는 이미 이백 살이 훌쩍 넘었다. 그런 그에게 어리다는 말은 절대로 어울리지 않는 표현 중 하나일 것이다.

자운이 피식 웃었다.

"어린놈? 얼굴만 보고 만만하게 생각하다가 훅 가는 수가 있다?"

자운이 이죽거렸다.

"고작 삼류 사파 비슷한 거 몇 개 부숴놓고 기고만장하게 구는구나. 네놈이 반로환동이라도 했다는 말이냐?"

거치도의 사내가 도를 어깨에 걸치며 말했다. 자운이 그의 눈을 피하지 않고 계속해서 응시하다간 어깨를 으쓱해 보였다.

"정확하진 않지만 뭐, 그 비슷한 거."

자운의 입꼬리가 쓰윽 말려 올라가고, 사내가 씹듯이 말을 뱉으며 이죽거렸다.

"미친놈."

"거홍도(巨弘刀) 막요삼."

거치도 사내의 정체가 흘러나온 것은 우천의 입에서였다. 사내의 모습을 한참이나 바라보던 우천이 뱉은 말이었다. 자운이 우천을 쿡 찔렀다.

"강하냐?"

"무, 무지하게 강합니다. 흑우파 정도는 단번에 몰살시킬 수 있을 정도로요."

자운이 목이 뚜둑 소리가 나도록 꺾었다. 그리고 마찬가지로 뼈 소리가 나도록 어깨와 관절을 풀기 시작했다.

"그거 참 때리는 재미가 있겠구만."

"이, 이놈! 이분이 어디 계신 분인지 알고나 하는 말이냐!!"

도박장주의 말에 자운이 반문했다.

"저 아저씨가 누군지도 모르는데 내가 그걸 알 거 같으냐?"

자운이 바닥에 박힌 자신의 검 손잡이를 천천히 쓰다듬었다. 손가락 끝으로 운두를 건드리는 것으로 보아 언제든지 뽑을 준비가 되어 있는 자세. 자운의 신형이 조금 낮아졌다.

"이분의 뒤에는 흑령문이 있단 말이다!"

흑령문. 감히 흑우파 따위는 상대도 되지 않는 거대 사파다. 섬서 사파무림을 삼분하는 세력 중의 하나로서 섬서에서 가장 강하다고 할 수 있는 화산마저 쉽게 건들지 못하는 사파였다.

흑령문이라는 말에 자운이 반색을 했다.

"어? 흑령문 놈이었어? 마침 잘됐네. 주인을 불러내야 하는데 일단 개부터 때려야지. 그럼 주인이 나오겠지."

자운의 행동에 기가 막힌 것은 오히려 막요삼 쪽이었다. 그가 이곳에 온 이유는 간단했다. 흑령문에서 흑우파와 황충이 운영하는 염왕채의 몰살에 관련해 사건의 조사를 막요삼에게 넘겼기 때문이다. 비록 임무를 받아오기는 했으나 천성적으로 도박과 주색잡기를 좋아하는 그가 도박장을 비켜갈 리가 없었다.

  그리고 도박장에 들른 그를 알아본 주인이 그에게 지하 특실을 내주면서까지 도박을 하게 해 좋은 관계를 맺고자 했고, 마침 그것이 다 되어가는 참이었다.

  "미친놈이 못하는 말이 없구나."

  그가 거치도를 잡으며 자세를 잡았다. 자운이 그의 눈을 낮은 자세에서 노려보았다. 그리고 한순간 자운의 몸이 비스듬하게 솟구치며 튀어나왔다.

  카라라락—

  자운의 손에 대번에 검이 들리고, 소리쳤다.

  "안 미쳤으니까 못하는 말이 없는 거지!"

  자운의 검이 거치도와 얽혀들었다. 쇳덩어리 충돌하는 소리가 울리며 불똥이 튀었다.

  자운이 검이 충돌된 상태에서 그대로 힘을 주었다.

  양팔에 힘이 가득 들어가고, 막요삼의 거치도가 조금씩 밀려나기 시작한다.

"애송이가?"

힘에서 자신이 밀렸다는 생각에 인상을 쓰며 막요삼이 굳건하게 두 다리로 땅을 밀며 자운의 신력을 이겨내었다.

내공 외에도 막요삼의 신력은 타고난 것이어서 자운이라고 쉽게 밀어버릴 수 있는 것이 아니었다.

자운의 몸이 흔들린다.

몸이 흔들리며 자운의 검이 사라졌다. 힘겨루기를 하고 있던 막요삼의 신형이 거치도와 함께 앞으로 휘청했다.

자운이 그 틈을 파고들었다. 두 발이 움직이고, 두 발을 따라 검이 궤적을 그렸다.

막요삼이 빠르게 도를 틀었다.

거치도와 다시 검이 부딪치고 자세를 채 잡지 못한 막요삼의 거치도가 뒤로 밀려나며 막요삼의 무릎이 구부려졌다.

"크윽."

막요삼이 신음을 흘리며 몸을 다시 일으키려 했다. 하지만 사정을 봐주지 않는 자운의 검은 연달아 막요삼을 몰아쳤다.

막요삼은 무너진 와중에 검을 들어 최선을 다해 자운의 검을 막았으나 몸에 옅은 검상이 생기는 것은 어찌할 도리가 없다.

"봐, 때리는 맛이 있지?"

자운이 우천에게 보라는 듯 칼을 움직이며 말했다. 그런 자운의 모습에 막요삼은 분노하는 수밖에 없었다.

"이노옴!"

자운의 검이 움직이는 꼴을 보자면, 그야말로 손으로 파리라도 잡는 듯 획획 움직이고 있었다. 그따위는 전혀 신경도 쓰지 않는다는 듯한 움직임. 막요삼이 검을 강하게 움켜쥐었다.

"너보다 나이 많으니까 이놈 저놈 하지 말라고!"

자운이 검을 다시 휙 움직였다.

검에서 검기가 일고, 거치도의 도인을 타고 도기가 흘렀다. 검기와 도기가 충돌하자 주변을 타고 짜릿한 기운이 퍼져 나갔다.

"미친놈아아아!!"

막요삼이 거치도를 일도양단의 기세로 내리그었다. 그 기세 하나만은 일품. 가히 도기를 뿜어낼 수 있는 고수라 할 만했다. 그가 지금까지 만나왔던 적이라면 이 공격 한 수에 무너졌을 것이다.

하지만 상대가 나빴다.

상대는 자운이었다. 자운은 검을 막는 대신 몸을 틀었다. 그의 몸이 빙글 회전하며 막요삼의 공격을 피하는 동시에 공격에 들어갔다.

자운의 검에 방금 전 회전에서 생긴 힘이 들어갔다. 힘을 얼은 검은 질주하는 우마와 같이 막요삼의 허리를 노리고 파고들었다.

막요삼이 비명을 지르며 뒤로 물러났다.

"으악!"

하지만 미처 자운의 검을 다 피하지는 못했고, 허리를 지나가는 검상이 생겨나고 말았다. 그의 허리가 새어 나오는 피에 축축하게 젖어든다.

붉게 물들어가는 막요삼의 허리를 바라보던 우천은 옆에서 무언가가 움직이는 것을 발견했다.

바로 도박장의 주인이 자운이 반쯤 낸 비밀 통로로 빠져나가려 한 것이다. 우천이 날쌔게 움직였다.

그의 앞을 막아섰다.

"어딜!"

우천이 도박장주를 제압하러 간 동안, 막요삼은 신음을 흘리고 있었다.

승기는 이미 확실하게 자운에게로 넘어간 지 오래다. 놈은 최소한 막요삼보다 몇 줄은 위의 고수였다. 막요삼이 침을 꿀꺽 삼켰다.

상처를 빠르게 지혈했기에 더 이상 피가 흘러나오지는 않으나 몸을 격하게 움직인다면 이 상처는 곧 터져도 이상하지 않을 것이다.

"넌 누구냐?"

자운이 우천에게 제압된 도박장주를 손끝으로 가리키며 말했다.

"저놈한테 이야기 못 들었어? 황룡문 사람이라고."

그가 입술을 떨었다.

"흑우파를 몰살시킨 고수가 바로 너구나."

자운이 고개를 끄덕였다.

"어. 정답."

막요삼이 주변을 살폈다. 중간에 도박으로 빠지기는 했어도 본래 막요삼이 상주까지 오게 된 이유가 바로 눈앞에 있는 놈 때문이다.

무슨 수를 써서라도 문으로 돌아가 이 사실을 전해야 할 것이다.

그가 상처를 만지는 척하며 품에 손을 넣었다. 가죽으로 싸여 있는 단검 몇 개가 잡혔다. 비도에 비해서 던지기가 조금 어렵기는 하지만 내공을 사용한다면 충분히 위협적인 암기가 될 수 있을 것이다.

그가 조심스럽게 비도를 감싸고 있는 가죽을 벗겨내었다.

"내 뒤에 어떤 문파가 있는지는 알고 있겠지?"

그의 턱을 타고 굵은 땀방울이 흘러내렸다. 자운이 얼굴 가득히 이죽거리는 미소를 지으며 고개를 끄덕였다.

"물론 알고 있지. 흑령문이 있잖아. 흑.령.문.이."

자운이 유독 흑령문이라는 글자에 힘을 주며 말했다. 흑령문, 흑우파와 황충의 배후가 되는 곳이었다. 자운이 좋은 감정을 가지고 있을 리가 없다.

"그걸 알면서도 이렇게 하다니. 배짱이 좋은 건지 미친 건지 모르겠군."

자운이 검을 바닥에 꽂아놓고 어깨를 으쓱했다.

"아까도 분명히 말했지만 미친 건 아니다."

그 순간, 그의 품에서 세 자루의 단검이 날았다. 목표는 자운의 심장. 자운이 싱긋 웃으며 바닥에서 검을 뽑았다.

그의 몸이 빙글 회전하며 검끝에서 단검이 비켜나간다.

타다다당—

그럴 새도 없이 막요삼이 밖을 향해 몸을 날렸다. 빠르게 질주하는 막요삼의 다리. 애초에 단검으로 죽일 수 있을 거라고는 생각해 본 적이 없다. 그저 한순간 멈칫하게 만들 정도면 충분했을 뿐. 자운이 그런 그를 뒤따라 몸을 날렸다.

"그럴 줄 알았다, 이 새끼야."

자운의 몸이 비호처럼 허공을 가르고 포물선을 그렸다. 그가 입고 있는 옷이 펄럭이며 자운의 신형이 그의 앞으로 떨어져 내렸다.

"우아아아아악!"

막요삼이 거치도를 크게 베었다. 자운을 죽이기 위함이 아니라 자운과 거리를 벌리기 위함이다. 하지만 자운의 검이 더 강했다.

쩌엉—

기운이 한껏 주입된 자운의 검이 단박에 그의 거치도를 절반으로 잘라 버렸다. 덕분에 자운의 검날이 상했고, 자운이 그걸 보며 툴툴거리는 와중에도 막요삼의 배를 발로 찼다.

퍼엉—

"에이, 칼 바꿔야겠네. 아깝게스리."

배를 차인 막요삼의 신형은 공기 주머니 터지는 소리와 함께 다시 도박장 안으로 훨훨 날았다. 자운이 허공에서 떨어지는 거치도의 조각을 발끝으로 찼다.

떠엉—

반 토막 난 거치도의 조각이 자운의 발길질에 차여 자신의 주인을 향해 날아들었다.

"으, 으아악!"

막요삼이 반 토막 난 거치도를 들어 날아오는 조각을 막으려 했다.

하지만 아뿔싸!

그의 거치도는 이미 반 토막이 나지 않았던가?

익숙하게 거치도의 끝으로 조각을 쳐내려 했지만, 그 끝은 이미 자신을 향해 날아오는 중이었다.

"억!"

반 토막 난 거치도의 길이 계산을 실수한 대가로 그는 자신의 도가 가슴에 박혀 그 자리에서 절명했다.

자운은 그런 막요삼의 시체에는 더 이상 시선을 두지 않고 우천에게 제압된 도박장주를 향해 걸어갔다.

"그러니까 왜 곱게 가라고 할 때 안 가. 갔으면 이런 일도 없잖아."

자운이 두 주먹을 뚜뚝 소리가 나게 꺾었다. 마치 시정잡배와 같은 모양새. 그런 건들거리는 모양새가 값싸게 보였으나 도박장주에게는 그야말로 지옥의 사신과도 같은 모습이었다.

그의 가랑이가 축축하게 젖었다. 그가 자운의 바짓가랑이를 잡았다.

"지, 지금 당장 이곳을 떠나겠습니다. 명령하신다면 두, 두 번 다시 도박장을 하지 않겠습니다. 사, 살려주십시오."

자운이 그의 멱살을 잡았다.

"그건 우리에게 칼을 겨누기 전에 했어야 하는 말이야."

물론 죽일 생각은 없다. 놈은 무공을 익힌 무림인이 아니었으니까. 자운이 멱살을 놓고 그의 팔을 잡았다.

"넌 앞으로 이 손으로 밥 먹을 생각 하지 마라."

뚜두둑—

"커허허허허헉!!"

그의 입에서 단발마가 아닌 긴 비명성이 토해져 나왔다.

팔이 꺾일 수 없는 기형적인 각도로 꺾어진 것이다.

그냥 꺾어서 분질러 버린 것도 아니었다.

부러진 부분이 조각조각 나서 화타가 살아 돌아온다고 해도 그 부분을 다시 이어 붙이지는 못할 것이다.

자운의 말대로 두 번 다시 그쪽 손으로 밥 수저를 들 수 없게 된 것이다.

바지가 축축하게 젖고, 오른팔이 기형적으로 꺾여 있는 도박장주를 뒤로하고 자운이 몸을 돌렸다.

"돌아가자."

第七章 이 정도면 충분한가?

황룡난신

 황룡문으로 돌아온 자운이 가장 먼저 발견한 것은 황금을 어떻게 해야 할지 몰라 쌓아두고 허둥지둥하고 있는 운산의 모습이었다.

 자운이 운산을 보고 물었다.

 "너, 뭐하는 거냐?"

 자운의 물음에 운산이 뒷머리를 긁적였다. 자신이 봐도 꼴이 우스웠던 것이다. 하지만 이 큰돈으로 어떻게 문파를 운영해야 하는 건지 전혀 감이 서지 않았다.

 살아생전에 이토록 큰돈을 만져보는 것이 처음일 뿐만 아니라 문파의 운영에 대해서 전혀 알지 못했던 것. 그런 느낌을 운산의 표정에서 읽어낸 자운이 인상을 꽉 썼다.

"돈을 줘도 못 쓰고 죽을 놈아. 에이, 퉤."

자운은 운산의 머리를 쾅 쥐어박고는 금전이 가득 들어 있는 주머니를 발로 찼다. 꽉 매어진 주머니가 한쪽으로 육중한 무게를 이기지 못하고 넘어졌다.

쿠웅—

은은하게 바닥이 울리고, 자운이 몸을 돌렸다.

"그거 챙겨 들고 따라와라."

자운의 말에 운산은 얼떨떨한 표정으로 금전이 가득 든 보따리를 챙겼고, 자운은 그런 우천과 운산의 앞에 서서 휘적휘적 걸음을 옮기기 시작했다.

자운이 향한 곳은 도박장에 들어가기 전 자운이 혀를 가볍게 찼던 바로 그 기루였다.

자운의 걸음이 기루 앞에 멈추어 서자 당황한 것은 운산과 우천이었다.

운산이 소리쳤다.

"대사형, 여기는 기루가 아닙니까?"

자운이 어깨를 털었다.

"불만 있냐? 배가 고파서 그러는데 밥 좀 먹고 하려고."

"밥이라면 객잔에 들어가서도 충분히……."

자운이 운산을 향해 씨익 웃었다. 이제는 알고 있다. 저 미소가 나올 때면 항상 무언가가 있었다.

이번에도 마찬가지일 것이다.

우천과 운산이 침을 꿀꺽 삼켰다.

"걱정하지 마. 여긴 충분히 돈을 쓸 가치가 있는 곳이니까."

자운이 당당하게 기루의 문을 벌컥 열었다. 순간 일층의 모든 시선이 자운 등에게로 향했다.

대부분의 기루가 그러하든 일층은 돈이 그리 많지 않은 이들을 위한 곳으로서, 독방으로 나누어져 있는 것이 아니라 탁자로 이루어져 있다.

탁자에서 싸구려 기녀들을 끼고 술을 마시던 시선이 자운에게로 집중되었지만 항상 그런 것처럼 그 시선은 곧 사그라졌다.

그런 자운의 앞으로 기루의 관계자로 보이는 여인 하나가 다가왔다.

입고 있는 옷이나 미색으로 볼 때 그리 높지는 않은 위치. 아무래도 자운 등이 입고 있는 옷으로 그들을 평가하고 그에 맞는 사람이 다가온 것일 게다.

"손님들이군요. 이리로 오시지요."

기녀는 나름대로 매혹적인 미소를 지어 보이며 자운을 일

층에 있는 자리로 안내하려 했다. 그녀의 안내에 자운이 손을 흔들었다.

"아니, 우리는 이런 데서 안 마실 거야."

자운이 눈짓을 하자 운산이 자신이 메고 있는 보따리를 살짝 열어 기녀에게 보였다.

누런 황금빛 금자가 가득한 보따리. 대번에 기녀의 눈이 크게 치켜떠졌다. 그녀는 자운 등에게 고개를 숙여 보인 후 종종걸음으로 다른 누군가에게 뛰어갔다.

아무래도 좀 더 높은 사람을 불러오려는 모양. 곧 이전에 비해서 조금 늙었으나 미색 하나만큼은 더욱 뛰어난 여인이 자운의 앞으로 다가왔다.

"본 기루를 책임지고 있는 총관 다월(多月)이라 합니다. 귀하신 분들이 오셨는데 미처 알아뵙지 못하고 결례를 범했습니다."

자운이 별거 아니라는 듯 손을 휙휙 흔들었다.

"아니, 뭐, 옷이 이 꼴인데 알아보면 그게 이상한 거지. 결례라고 할 것도 없으니 신경 쓰지 마."

자신보다 족히 열 살 이상은 어려 보이는 자운의 말투에 다월은 기분이 팍 상하는 것을 느꼈으나 여기는 기루다. 최대한 손님에 맞추어야 하는 것이다.

이 장사를 하다 보면 이런 사람도 만나고 저런 사람도 만난다. 여러 가지 인간 군상. 한데 이 정도에 화를 냈다면 이 기루의 총관 자리까지 올라오지 못했을 것이다.

"이해해 주시니 다행입니다. 그럼 어디로 모실까요?"

그녀가 자운을 향해 매력적인 미소를 지어 보였다. 그녀의 말에 자운이 머리를 잠시 긁적였다.

"이게 맞나? 사 층으로 가고 싶은데?"

자운의 말에 고개를 숙이고 있는 총관의 표정이 딱딱하게 변했다. 총관은 누구도 알아채지 못할 것이라 생각했으나 자운은 한순간 변한 총관의 기색을 알고 있었다.

그녀는 곧 얼굴 가득 미소를 띠며 자운에게 답했다.

"죄송합니다. 저희 객잔에는 사 층은 없고 삼 층까지만 있습니다."

자운이 고개를 끄덕였다. 밖에서 보고 왔기에 이미 알고 있다. 역시 삼 층까지밖에 없다는 거. 그럼에도 불구하고 자운이 사 층 이야기를 꺼낸 것은 전혀 다른 이유였다.

"그래? 그럼 삼 층 제일 구석진 방으로 안내해 줘."

자운의 말에 다시 총관의 표정이 딱딱하게 굳어졌으나 애써 표정을 숨기며 총관은 자운을 안내했다.

"그럼 원하시는 대로 삼 층에서 가장 풍경이 좋은 방으로……."

자운이 그녀의 말을 정정했다.

"삼 층 제일 구석진 방. 내가 원하는 건 그 방이야."

자운이 말한 대로 그들은 삼 층에서 가장 구석진 방으로 안내되었다. 방으로 들어간 자운은 기루에서 온갖 음식들을 시켰다.

우천과 운산이 만류했으나 그들의 말을 들을 자운이 아니었다. 술을 비롯하여 갖가지 음식이 상 위에 자리하고, 자운이 입을 떡 벌렸다.

"자, 먹자!"

자운이 가장 먼저 오리 다리를 쭈욱 잡아 찢었고, 운산과 우천이 걱정스러운 표정으로 자운을 향해 물었다.

"우리 정말 이래도 되는 겁니까?"

자운이 피식 웃으며 오리 다리를 우적 씹었다.

"말했잖아. 돈 쓸 가치가 충분히 있는 곳이라고."

자운의 말에 운산과 우천이 주변을 획획 둘러보았다. 과연 이곳 어디에 돈을 쓸 가치가 있다는 말인가? 그저 기루일 뿐인데 말이다.

그들이 그렇게 생각하고 있을 때, 문이 열리며 젊고 매력적인 기녀 셋과 조금 늙기는 했으나 중년의 매력이 다른 젊은 기녀들 못지않은 이가 천천히 걸어 들어왔다.

자운이 그 모습을 보고는 물고 있던 오리 다리를 한쪽으로 치워 버리고는 손뼉을 짝 쳤다.

"옳거니!"

"기녀까지 불렀습니까?"

운산의 말에 자운이 손뼉을 계속 치며 말했다.

"안 될 게 뭐야. 쓸 때 팍팍 쓰자고. 팍팍! 야, 이리 와봐."

자운이 기녀를 부르자 기녀는 자운의 옆에 다소곳하게 앉았다. 다른 기녀들 역시 자운의 옆에 앉았고, 중년의 여인은 미소를 지으며 그들 사이에 앉았다.

"취록이라 합니다. 소녀가 먼저 노래를 올리겠습니다."

자운이 고개를 끄덕였다. 자운의 옆에 있던 기녀가 자운을 향해 고기를 집어주고, 자운은 중년 여인의 노래를 반주에 맞추어 들으며 어깨춤을 덩실거렸다.

"어허, 좋구나!"

흥이 오르는 듯 자운이 손가락으로 상을 때렸다.

탁탁탁—

그 모습은 그야말로 난봉꾼. 자운은 저렇게 잘 즐기는 데 비해서 운산과 우천은 그야 말로 숙맥이었다. 지금까지 여자와 말 한 번 제대로 해본 적이 없는데 이토록 적극적으로 나오는 기녀들을 만나니 얼굴이 다 화끈거릴 지경이었다. 그들을 보고 자운이 중얼거렸다.

"에라이, 고자 같은 놈들."

자운은 흥에 취한 듯 계속해서 술을 마시고 음식을 먹었다. 이윽고 시킨 음식이 누구 뱃속으로 들어갔는지 알 수 없을 정도로 사라졌을 때, 자운이 탕 소리가 나게 상을 때렸다.

"하아!"

그의 입에서 진한 주향이 뿜어진다. 주향이 뿜어지는 것은 입뿐만이 아니었다. 그의 온몸에서 진한 주향이 뿜어지고, 방이 주향으로 가득 찼다. 내공으로 취기를 몰아내었다.

자운이 취기를 몰아내자 취록이 눈치를 주어 기녀들을 물렸다. 이제부터가 진짜다. 자운의 눈빛이 이전과는 달라졌다.

기녀들이 나가자 자운이 천천히 취록을 바라보았다.

"이제부터 일을 시작해야지?"

그의 말에 취록의 기세가 싹 바뀐다. 이제까지의 취록의 기세가 그저 평범한 기녀였다면, 지금 취록의 기세는 운산과 우천이 깜짝 놀랄 정도로 담대했다.

"십 년 전에 바꾼 암어를 사용하시기에 누구인지 와봤더니 황룡문 분들이 오셨더군요."

자운이 고개를 끄덕였다.

총관과 말한 것은 하오문에서 쓰는 암어였다. 물론 그게 십 년 전에 바뀐 암어일 거라고는 상상도 하지 못했지만 말이다.

으레 하오문은 몇 가지 암어를 지정해 두고 십 년을 주기로 그 암어를 바꾸어가며 사용한다. 자운이 알고 있던 이백 년 전의 암어가 마침 십 년 전에 사용되는 것이었다.

"어. 필요한 일이 있어서 왔어. 여기 하오문 맞지?"

자운의 물음에 취록이 고개를 끄덕였다. 아마도 이 여자의 이름과 외모 모두 가짜일 것이다. 아무튼 지금 중요한 것은 그것이 아니었다.

"재미있는 분이시군요. 하오문인 줄 알고 그 암어를 사용한 것 아닌가요?"

자운이 아무렇게나 손을 흔들었다.

"아, 확인 차 물어본 거야."

"그렇군요. 그렇다면 요즘 이름을 높이고 계신 황룡문의 고수께서 이곳에 오신 이유가 무엇인가요?"

그녀가 매력적으로 살포시 미소를 지었다. 중년 미부의 외모를 하고 있으니 어찌 그 미소가 매력적이지 않을 수가 있을까.

하지만 자운은 그런 여색 따위에는 흔들리지 않는다. 그리고는 도발적인 눈빛으로 취록을 향해 물었다.

"그 고수가 여기 온 이유가 뭐겠어?"

자운의 말에 한순간 취록의 기세가 변하고, 주변의 공기가 물 먹은 솜처럼 추욱 늘어졌다. 취록에게서 싸늘한 분위기가 돌았다.

가끔 있다. 힘으로 하오문을 굴복시키려 한 사례가 말이다. 하지만 그 어느 문파도 그것에 성공한 적은 없다.

 취록의 싸늘해진 눈빛에 자운이 고개를 좌우로 흔들며 빙긋빙긋 웃었다.

 "농담이니까 그렇게 싸늘한 표정은 지어 보이지 마, 록. 하오문에 부탁할 일이 있어서 찾아왔어."

 "부탁할 일이요?"

 주로 하오문에는 정보를 관련해서 묻고 부탁하는 일이 종종 있었다. 이번에도 그런 일일 것이라고 취록은 생각했다.

 "어. 사람을 좀 구해줬으면 해."

 "어떤 사람을 말인가요?"

 "황룡문의 총관이 될 사람, 그리고 기타 등등 잡일을 할 일꾼들. 총관은 나름대로 깨끗한 사람이었으면 좋겠고, 잡일꾼들은 하오문의 사람이라도 상관없어."

 자운이 피식 웃었다. 자운의 말에 취록은 무언가 깊게 생각에 잠긴 듯하다가 자운을 향해 물었다.

 "어렵지 않은 일이군요. 그렇다면 그 대금은 돈으로 지불하실 생각인가요?"

 그녀의 말에 자운이 보따리를 향해 손을 뻗었다. 그의 손에서 바람이 일어 보따리가 화악 열렸다.

 "이 중 어느 정도 주면 되겠지?"

"돈은 그렇게 많이 필요없어요. 기껏해야 사람을 구하는 일이니. 대신 정보를 주세요."

정보라는 말에 자운이 갸웃했다.

"하오문이 나에게 정보를 달라니, 웃을 일이군. 그래, 무슨 정보가 필요하지?"

자운이 웃었다.

"당신. 당신에 대한 정보가 필요하지요. 당신은 누구십니까?"

그 말에 자운의 표정이 처음으로 딱딱하게 변했다. 하지만 곧 그 능글맞은 미소를 되찾았다.

"하오문의 사람들을 잡일꾼이 아니라 총관으로 보내도 좋아. 황룡문에 해만 안 된다면 말이지."

그것은 도발이었다.

"직접 알아보라는 의미시군요."

취록이 혀로 입술을 핥았다. 묘하게 색기가 느껴지는 행동. 그런 행동을 보였으나 자운의 마음은 전혀 요동치지 않는다. 오히려 눈이 풀린 것은 운산과 우천 쪽이었다.

취록 역시 자운을 노리고 한 것이 아니라 비교적 쉬워 보이는 운산과 우천을 노리고 한 것이리라.

자운이 손바닥을 들어 상을 때렸다.

터엉—

상을 타고 내공의 울림이 찌르르 퍼져 나갔다. 그 울림이 마치 불문의 외침이라도 된 양 운산과 우천의 정신을 원래대로 돌려놓는다.

"애들 데리고 그러지 말고, 이야기나 계속하자고."

자운의 한 수에 취록이 고개를 끄덕였다.

"좋아요. 우리가 직접 알아보도록 하지요. 대신 대금은 따로 받겠어요."

자운이 고개를 흔든다.

"손해 보는 장사군. 나에 대한 정보가 그렇게 값어치가 없는 건가?"

"당신이 얼마나 가치있는 사람인지는 스스로 증명해 보도록 하세요."

그 말에 자운이 어깨를 으쓱하고는 말했다.

"천하제일문."

그 말에 한순간 취록뿐만이 아니라 운산과 우천 역시 움찔했다. 갑자기 여기서 천하제일문이 왜 나온다는 말인가?

"황룡문을 천하제일로 만들 거다. 너네는 그 정보를 관리하는 거지. 어때? 구미가 당기지 않아?"

취록이 웃었다.

"이야기를 참 재미있게 하시는군요. 천하제일이라……. 이번에는 농이 과하셨습니다."

그의 말에 자운이 차가운 얼굴로 손을 들었다.

그의 손바닥에서 기운이 일고, 일어난 기운은 천장을 향해 쏘아졌다.

쿵— 쿵—

자운의 뒤편으로 흑의인 둘이 떨어져 내렸다. 암중에서 취록을 보호하던 인물이다. 숨소리 하나 쉬이 흘리지 않도록 훈련된 일류들이거늘, 자운의 손에 너무도 쉽게 제압당한 것이다.

"이 정도로는 부족한가?"

자운이 이번에는 보따리를 향해 손을 뻗었다.

촤르륵—

자운의 내공이 향하자 금전이 섞이는 소리를 내며 허공으로 솟구쳤다.

촤르르르륵—

금전이 자운의 손끝을 따라 허공에 포물선을 그리고, 자운과 취록의 앞에 주르륵 쏟아졌다.

금전이 둘의 앞에서 번쩍거리고, 허공섭물의 신기를 목격한 운산과 우천은 입을 쩍 벌리고 자운의 손을 바라보고 있었다.

취록 역시 마찬가지. 상주에서 비견될 수준이 없을 고수라고는 예측하고 있었으나, 이 정도일 것이라고는 상상한 적이 없다.

하지만 아직 천하를 논하기는 조금 어렵다.

"아직도 부족하지?"

자운 역시 그 점을 잘 알고 있었다. 그렇기에 그는 금전 하나를 잡았다. 그리고 내공을 불어넣기 시작했다. 얼마나 시간이 지났을까, 그의 손에 들어온 금전이 흐물흐물하게 변하더니 모습이 변하기 시작했다.

고열에 녹아내리는 듯한 모습. 삼매진화를 응용해 내공으로 금을 녹여내는 것이다.

그 모습에 우천과 운산, 그리고 취록은 경악성을 터뜨릴 뻔했다.

도대체 내공으로 금을 녹여 버리려면 얼마나 많은 양의 내공이 필요하단 말인가?

자운은 곧 금전에 넣었던 내력을 거두어들였다. 녹아내리다 만 금전이 아무렇게나 바닥을 굴렀다.

"이 정도면 충분한가?"

자운이 웃었다. 천하제일문, 문파로서 천하를 논하는 데 꼭 필요한 것은 무력이다. 그 무력이 꼭 천하제일이어야 할 필요는 없지만, 최소한 어느 정도 수준은 되어야 할 것이다.

취록은 자운의 수준을 그 선을 넘은 것으로 판단했다. 황룡문이 자리를 잡고 예전의 성세를 회복한다면 자운은 황룡문이라는 날개와 함께 정말 용이 되어 천하를 논할 거물이 될 것이다.

취록이 침을 꿀꺽 삼켰다.

상주로 파견될 때만 해도 이런 고수와 엮일 것이라고는 전혀 상상도 하지 못했다. 한데 그런 고수가 정말 눈앞에 있다.

자운의 말에 취록이 고개를 끄덕였다. 그녀가 고개를 끄덕이자 자운은 미련이 없다는 듯 자리에서 일어났다.

"이 일을 상부에 보고해도 상관은 없지만, 하오문 외부로 새어 나가는 일이 없도록 하는 게 좋을 거야."

당연히 그럴 거다. 이것은 그야말로 특급 정보다. 특급 정보는 쉬이 유출되지 않는다. 천만금을 쥐어주지 않는 이상은 자운에 대한 정보가 풀리지 않을 것이다.

하오문만이 독점하고 있는 정보이기 때문이다. 자운이 허리춤에 있는 검을 움켜쥐었다. 한순간, 시퍼런 검날이 모습을 드러내었다 검갑 속으로 갈무리된다.

찰칵—

"혹시나 새어 나간다면 매일 밤마다 모가지 걱정을 하게 해주지."

자운이 아직까지 멍하게 있는 취록을 뒤로하고 우천과 운산을 일으켰다.

취록과 마찬가지로 운산과 우천 역시 멍한 표정을 금하지 못했고, 자운은 그들의 머리를 쥐어박는 것으로 그들을 깨웠다.

"일어나. 이제 돌아가게."

자운은 손을 살랑살랑 흔들며 방에서 나섰고, 취록은 그런 자운을 멍하게 바라보고 있을 수밖에 없었다.

"그럼 부탁한 일 잘해달라고."

第八章 내가 맹수가 되어야 하는구나!

황룡난신

 흑령문주 염호명이 손끝으로 탁자를 두드렸다. 탁자를 타고 그 울림이 뻗어 나갔다. 그의 앞으로 한 사내가 다가와 고개 숙여 부복했다.

"문주님, 고섭입니다."

염호명이 무심한 표정으로 그를 바라보았다. 그러나 은은한 노기가 서려 있는 것이 분명 화가 난 것을 억누르고 있는 것이 분명했다.

"실패했다니?"

그가 나른하게 말하며 고섭을 바라보았다. 그 말에 고섭이 머뭇거렸으나 곧 입을 열었다. 입을 열지 않으면 지금 당장에라도 죽을 수 있었기 때문이다.

고섬이 침을 한차례 꿀꺽 삼켰다.

그리고 숨을 고른 후 말했다.

"거홍도가 죽었다 합니다."

콰직—

염호명의 손끝이 나무로 만든 탁자를 파고들었다. 지단목으로 만들어 그 강도가 철에 비견될 정도인데 그것을 그냥 두부 파고들 듯 파고든 것이다.

나뭇조각이 옆으로 튀었다. 하지만 고섬은 피하지 않았다.

나뭇조각 중 날카로운 것이 고섬의 뺨을 할퀴고 지나갔다. 그의 뺨을 타고 피가 주르륵 흘러내려 바닥에 떨어진다.

"막요삼이 말인가?"

고섬이 고개를 끄덕였다.

"막요삼이 그렇게 쉽게 죽을 인물이던가?"

"본 문에서 다섯 손가락 안에 드는 것으로 알고 있습니다."

고섬의 말에 막요삼이 고개를 끄덕였다.

"분명 여자 좋아하고 도박이라면 눈알이 뒤집어지는 놈이었지만 실력 하나는 확실한 놈이었지."

"……."

"그런데 죽었어?"

염호명의 말에 고섬은 아무런 말도 하지 못했다. 고섬이 아무런 말도 하지 못하자 염호명의 표정이 더욱 싸늘하게 변했다.

"누구에게 죽었나?"

"알 수 없습니다."

염호진이 탁자의 한구석을 쾅 내려쳤다. 단번에 탁자의 다리가 부서지고 기울어지며 무너졌다. 그 위에 있는 갖가지 물건들이 아래로 쏟아져 내려 부서졌다.

"아무도 본 사람이 없나?"

"그날 도박장에 있던 놈들에게 물었으나, 그 동네에서는 본 적이 없는 얼굴이라고 합니다."

"계속해 봐."

"도박장주는 어떻게 된 건지 입에 게거품을 물고 미쳐 있었습니다. 팔은 완전히 부러진 상태더군요."

"막요삼은 어떻게 죽었지?"

"일방적으로 당한 듯합니다. 마치 가지고 놀듯이 온몸에 크고 작은 상처가 새겨져 있었는데 격전으로 새겨진 상처는 아닌 듯했습니다."

그 말에 염호진의 눈이 치켜떠졌다.

"막요삼을 가지고 놀아?"

그 정도라면 염호진보다 조금 아래거나 비슷하다고 봐야

할 것이다. 그 정도의 고수가 상주라는 벽촌에 있을 거라고는 상상하지 못했다.

"예. 그래도 홍수에 관해서 한 가지는 알아낼 수 있을 듯합니다."

염호진의 눈에 이채가 어리었다.

"얼마 전 흑우파와 황충이 모두 황룡문의 손에 무너졌습니다. 그리고 그날도 흑우파에서 운영하던 불법적인 도박장을 황룡문에서 정리하고 다녔다고 합니다."

황룡문이라면 염호진이 금맥을 가지기 위해 애를 쓰고 있는 문파다. 그가 알기로 분명 황룡문에는 그만한 저력이 없었다.

"호오, 황룡문에 그만한 힘이 있었나?"

"지금 파악 중에 있습니다. 곧 정보를 얻을 수 있을 듯합니다."

염호명이 고개를 끄덕였다.

"최대한 빨리 정보를 얻어와. 그리고 거홍도의 죽음이 그 놈들과 관련이 있으면……."

고섬이 말을 받았다.

"진혼권(鎭魂拳)과 전귀(戰鬼)를 움직이겠습니다."

염호명이 만족스럽게 고개를 끄덕였다.

고섭이 나가고 나자 염호명이 한쪽 구석을 바라보았다. 아무것도 없는 구석. 염호명이 그쪽을 바라보며 열기가 일렁이는 눈으로 말했다.

"이제 그만 나오지 그래."

염호명의 말에 어둠이 한차례 흔들리고, 그 어둠 너머에서 붉은 머리칼을 가진 사내가 걸어나왔다.

"오랜만이군, 적발라(赤魃攊)."

염호명이 그를 향해 아는 척을 했다.

어둠 속에서 유난히도 붉은 머리카락이 흔들린다.

"실패했다는 소식을 듣고 와봤지."

그 말에 염호명의 얼굴이 무너졌다. 단번에 일그러지는 염호명의 얼굴. 그가 허리춤의 도를 움켜쥐었다.

"이 자리에서 죽고 싶나?"

"네가? 나를? 웃기고 있군."

적발라가 그를 향해 웃으며 역시 유엽도를 움켜쥐었다.

"비록 네가 삼십단(三十丹)이라고는 하지만 말석. 내가 성(星)에서 그보다 한 계급 아래인 백홍(百紅)이라곤 하지만 백홍 중 누구에게도 뒤지지 않는다고 자부한다. 너와 나의 실력 차이는 크지 않다는 말이지."

염호명의 몸에서 기세가 강하게 피어올랐다. 그와 마찬가지로 적발라의 몸에서 역시 기운이 끓어오른다.

내가 맹수가 되어야 하는구나!

세찬 기파가 방 안을 휘감았다.

"그럼 여기서 누가 더 강한지 겨루어볼까?"

적발라가 붉은 머리칼 사이로 흰 이가 다 보이도록 미소 지었다. 차갑기 그지없는 미소. 염호명은 이죽거리는 표정을 지으면서도 속으로 승리의 가능성을 냉정하게 점쳐 보았다.

인정하기 싫지만 놈은 자신보다 반 수 위였다.

염호명이 흥미를 잃었다는 듯 도에서 손을 떼며 다른 손을 흔들었다.

"그만두도록 하지. 그보다 여기는 왜 온 것이지?"

"말했잖아. 네가 실패했다고 해서 알아보러 왔다고."

"성에서는 뭐라고 하던가?"

"별말이 없었지. 하지만 한 가지는 확실하게 하라고 하더군."

"뭐지?"

"황룡무상십이강(黃龍無上十二强), 그건 확실하게 지워야 한다고 하더군."

적발라의 말에 염호명이 고개를 끄덕였다. 사실 그들이 황룡문에 손을 대는 이유는 고작 금맥 따위가 아니었다. 표면적으로는 흑령문을 내세워 금맥을 노리는 것으로 되어 있으나, 그들이 노리는 것은 황룡문의 절기라 할 수 있는 황룡무상십이강이었다.

"다 망해 버린 황룡문에 그 절기를 사용할 사람이 있을지 모르겠군. 성에서는 걱정이 너무 심해."

그가 혀끝을 가볍게 찼다.

"쯧."

"그렇지. 거기다 그냥 다 밀어버리면 쉬울 텐데… 그렇게 된다면 화산파의 주목을 받게 되겠지."

그 일을 피해야 한다. 아직 성의 모든 준비가 끝나지 않은 상황. 한데 구파일방 중 하나인 화산의 이목을 끌어서야 좋을 것이 없었다.

적발라가 천천히 어둠 속으로 다시 몸을 옮겼다.

"뭐, 어쨌든 내 도움이 필요없다니 혼자서 잘해보게. 당분간은 이 주변에 있을 것이니 도움이 필요하다면 부르고."

적발라의 말에 염호명이 이죽거렸다.

"미안하지만 그럴 일은 없어."

"그거야 두고 볼 일이지."

적발라의 웃음소리가 어둠 속으로 사라졌다.

*   *   *

황룡문은 제법 제 모습을 갖추어가고 있었다. 하오문에서 보내준 일꾼들이 황룡문의 모습을 나름대로 복원하고 있었던 것이다. 무너진 담벼락이 새로 복구되는 모습을 보며 자운이 흐뭇하게 미소를 지었다.

"좋네."

조금씩이나마 황룡문은 예전의 성세를 되찾아갈 것이다. 그리고 언젠가 그의 사부와 대사형의 꿈이었던 천하제일문을 만들 생각이다.

복구되는 황룡문의 모습과 마찬가지로 운산과 우천의 무공 역시 발전하고 있었다. 아직 고수라고 불릴 정도는 아니지만 예전에 비해 배는 강해진 모습이다. 그것은 자운의 체계적인 관리하에서 수련이 이루어졌기에 가능한 모습이었다. 이제 이들이 성장하면 고수가 될 것이고, 황룡문을 지키는 기둥이 될 것이다.

점점 검이 매섭게 변하는 둘을 보며 자운이 중얼거렸다.

"하지만 그전에 먼저 경험해야 할 것이 있지."

조금은 힘들지도 모른다. 하지만 무인이라면 언제고 겪어야 할 것들이며 평생 자유로울 수 없는 것들이기도 했다.

"이걸 극복하면 너넨 무인이 될 수 있을 거고, 실패하면 그 자리에서 두 번 다시는 무인이 되지 못할 것이다. 어쩌면 죽어버릴 수도 있지."

자운이 씁쓸하게 웃었다. 이미 그 단계를 어디서 할 것인지는 정해두었다. 자운이 우천과 운산을 향해 걸어갔다.

"어디를 가는 겁니까?"

운산이 우천과 함께 자운의 뒤를 따라오며 물었다. 그들은 지금 상주에서 조금 떨어져 있는 한 산을 오르고 있었다. 산세가 험준하지는 않았으나 숲이 울창하여 녹음이 우거진 산. 싱그러운 산의 냄새와 흙냄새가 그들의 코끝을 간질였다.

하지만 이러한 느낌과는 달리 운산과 우천에는 이 산에 산적이 있다는 사실을 잘 알고 있었다.

사실 산적 정도야 자운에게 걸리면 한주먹도 되지 않는 것은 알고 있으나 걱정이 되는 것은 어쩔 수 없었다.

"글쎄, 무인이 되기 위한 가장 중요한 훈련을 하러 왔다고나 할까?"

자운이 웃었다. 한데 그 웃음이 이전과 달리 씁쓸하기 그지없다. 무인이 되기 위한 가장 중요한 훈련이라는 말에 우천이 소리쳤다.

"그럼 이 훈련을 거치면 우리도 진짜 무인이 되는 겁니까?"

"언제는 진짜 무인이 아니었냐. 최소한 고수가 될 각오는 되어 있다고 봐야겠지."

자운이 의미심장하게 말했다. 자운의 걸음이 점점 길에서 벗어났다. 무언가를 찾는 듯한 움직임. 그를 따라가는 우천과 운산이 주변을 살폈다.

"대사형, 뭘 찾고 있는 겁니까?"

"글쎄, 잠깐만. 이제 찾은 것 같으니까."

자운은 그렇게 말하며 앞을 가리고 있는 수풀을 치워내었다. 그러자 멀지 않은 곳에서 작은 산채가 모습을 드러내었다.

엉성하게 만든 산채의 정문에는 두 사내가 서 있었는데 누가 보더라도 산적의 모습이다. 자운이 찾은 것은 산적의 산채인 것이다.

우천이 질문하려 했다.

"여기는 왜……."

우천의 말이 끝나기도 전에 자운이 튀어나갔다. 그리고는 칼을 휘둘러 산채를 지키던 산적 둘을 베어버렸다.

단 한 수에 두 명의 산적이 베어 나간다. 그 모습을 산채 위에서 바라보고 있던 산적이 동료들에게 경호성을 알렸다.

단번에 줄을 당겨 종을 치고, 자운을 향해 소리친다.

"누구냐!"

자운이 그를 향해 이죽거리며 말했다.

"글쎄, 지금 중요한 건 그게 아니고, 우리랑 별 상관은 없는데 좀 죽어줘야겠다. 너무 원망하지는 마."

자운의 검에서 검기가 뿜어졌다. 피가 튀며 종을 치던 자의 목이 잘려 나간다.

"너네도 불쌍한 사람들 많이 뜯어먹었잖아? 응?"

그렇게 말한 자운이 뒤를 돌아보며 우천과 운산을 향해 말했다.

"너네는 오늘 여기 있는 산적들과 싸워야 한다."

자운의 말에 운산과 우천의 얼굴에 의문이 어리었다.

"왜냐고? 너넨 사람을 죽이지 못하는 이들이 무인이 될 수 있을 거라고 생각하냐?"

자운이 피식거렸다.

"아무 원한도 없을 수도 있지. 아무런 상관도 없을 수도 있지. 하지만 그런 놈들한테 칼을 맞을 수 있는 곳이 강호다."

자운이 손끝으로 산채의 문을 때렸다. 한 번에 산채의 문이 부서져 나가고, 자운이 한 걸음 움직인다.

휘익—

단번에 우천과 운산의 뒤로 이동하는 자운의 신형. 자운이 그들의 귀에 속삭였다.

"너희들과는 아무런 연관도 없지만, 이자들이 죄가 없는 것은 아니다."

자운이 그들의 등을 떠밀었다.

"최대한 죄책감을 가지지 말고 베어라."

"이 미친놈들!"

산적 중 하나가 자운 등을 보고 소리쳤다. 그들의 모습에는 살기가 등등했다. 산채를 침입한 적을 죽여 버리겠다는 의지. 자운이 그 모습을 보고 말한다.

"봐, 저쪽에서는 이미 너희를 죽여 버릴 각오가 되어 있잖아."

자운이 뒤로 한 걸음 물러섰다. 싸움에는 끼어들지 않을 것이라는 표현이었다. 자운이 뒤로 물러서자 우천과 운산이 불안한 표정을 지었다.

"그런 표정 하지 마라. 도와줄 생각 없으니까. 놈들이 너보다 하수지만, 강호에서는 눈먼 칼에도 죽는 법이야."

자운이 뒤로 한 걸음 더 물러섰다.

"자, 그럼 가서 싸워봐."

자운의 손이 그들의 등을 짝 때렸다. 그 바람에 운산과 우천이 엉거주춤하게 산적들 앞으로 다가섰다.

그들이 다가오자 산적들이 각자의 무기를 빼어 들었고, 지지 않겠다는 듯 한 걸음 다가왔다.

"싸우지 않으면 정말로 죽을지도 몰라."

자운의 말이 끝나는 순간, 산적들이 운산과 우천을 향해 달려왔다.

"우아아아아아아악!!"

우천과 운산은 처음부터 사람을 베지는 않았다. 그들은 무공을 익혔고 산적들은 무공을 익히지 않았다. 수가 많다고는 하나 무공을 체계적으로 익히기 시작한 운산과 우천의 상대는 아니었다.

 그렇기에 검집째로 휘둘러도 충분하다 생각했다. 검을 휘둘러 적을 베지는 못하지만, 검집째로 휘둘러 몽둥이처럼 사용한다면 그것으로도 충분한 타격을 줄 수 있을 것이라 생각했다.

 '하지만 틀렸다.'

 운산이 거친 숨을 몰아쉬었다. 그렇게 될 것이라는 그들의 생각은 정확하게 틀렸다.

 검집으로 얻어맞은 그들이 주춤하기는 하였다.

 하지만 그뿐, 주춤하거나 넘어지며 비명을 지르기는 했지만 곧 다시 덤볐다.

 쓰러뜨려도 쓰러뜨려도 사람의 수가 줄어들지 않는 것이다. 혈도를 제압해 버리면 좋지만, 아직 우천과 운산의 실력이 거기까지 되지는 않았다.

 또한 상대의 수가 많았다. 검을 휘두를수록 지쳐 가는 반면 산적들은 수가 많았기에 계속해서 치고 빠졌다.

 점점 지쳐 가는 운산과 우천을 향해 산적들이 소리쳤다.

 "흐흐, 이 새끼들아! 무공 몇 개 할 줄 안다고 우리가 그렇게 쉽게 제압당할 줄 알았냐?"

그 말 그대로 검집을 휘둘러 때려도 때려도 적들은 줄어들지 않는다. 또한 우천과 운산이 검집째로 휘두르는 것에 비해서 상대는 날이 선 무기를 그대로 사용하고 있었다.

자칫해서 베이기라도 하면 큰일이 날 것이 분명했다.

우천이 고개를 숙였다.

또 칼날이 아슬아슬하게 우천을 스치고 지나갔다. 칼날을 피해낸 우천이 검을 휘두른다. 검집이 바람을 부웅 가르고, 둔탁한 소리와 함께 우천을 공격한 산적이 나가떨어졌다.

하지만 죽지는 않았다. 오히려 다음에 또 밀려오는 산적들을 상대하느라 체력이 소비될 뿐이었다.

'이대로는 힘들어.'

우천의 눈이 반짝 빛났다. 정말로 이대로는 죽을지도 모른다는 생각. 그 생각이 들며 우천의 검이 검집에서 뽑혀 나왔다.

아직까지 운산이 검을 검집에 넣어두고 있는 것에 비해서는 빠른 진도다. 나무에 걸터앉아 그 모습을 지켜보던 자운의 눈에 이채가 어렸다.

"이제 한 놈 되었네."

아니나 다를까, 날이 선 검인을 휘두르는 우천의 검에 산적들이 픽픽 나가떨어졌다. 이번에 나가떨어진 이들은 다시는 일어나지 못했다.

"으아아아악!"

뼈째 베어내지는 못했지만 검에 당한 상처는 절대로 약한 것이 아니었다. 엄청난 고통을 동반한다. 그 고통을 이기지 못한 산적들은 감히 다시 일어날 생각을 하지 못했다.

혹은 죽어버려서 일어날 생각을 하지 못했다.

우천의 주위로 빠르게 산적들이 줄어들었다.

"제, 젠장."

우천의 주위에 서 있던 산적들이 뒷걸음치기 시작했다. 놈들은 승냥이와 같은 녀석들이다.

강자와 약자가 있다면 강자를 노리기보다는 약자를 노리는 것을 좋아한다. 우천의 앞에 있던 산적들이 눈에 띄게 줄어들었다.

대부분 운산의 앞으로 몰려간 것. 우천이 산적들에게 포위된 자운을 향해 소리쳤다.

"사형!"

하지만 운산에게는 우천의 외침에 한가롭게 대답해 줄 여유가 없었다. 온 힘으로 날아드는 병기들을 막아내는 데 집중해야 했다.

"으윽."

도끼날이 허리를 스치고 지나갔다. 상처기 깊지는 않았으나 움직임에 방해가 될 것이다.

카앙—

검과 검집이 충돌하고, 검이 한순간 밀려났다. 하지만 그 정도일 뿐, 곧 그 자리는 다른 산적의 검이 메웠다.

그 속에서 벗어나기 위해 검을 휘둘렀다. 검집이 휘둘러지고, 운산을 노리던 검이 밀려난다. 그 순간, 운산의 검에서 검집이 벗겨졌다.

나무로 만든 검집이 바닥을 굴렀다. 하지만 그것을 알지 못하는 운산은 계속해서 검을 휘둘렀다.

그의 검날이 산적을 베었다.

푸슛—

피가 허공으로 솟구친다. 그의 주변으로 선혈이 낭자하게 흐르고, 피바다가 번져가기 시작했다.

어느 순간 그의 몸은 땀이 아니라 피로 축축하게 젖어 있었다.

"으, 으아아아아아아!"

그것을 발견한 운산이 소리쳤다. 사람을 죽일 생각이 전혀 없었는데 사람을 죽여 버린 것이다. 그 충격은 생각보다 거대하다. 살인에 대한 각오가 전혀 되어 있지 않은 상황에서 일어난 우발적인 상황. 그것은 운산의 정신을 흔들 정도로 강력했다.

운산의 눈이 돌아가기 시작했다.

눈이 뒤집어지는 것이다.

자운이 그 모습을 보고 중얼거렸다.

"저거 위험한데."

어쩌면 미쳐 버릴지도 모르고 광인이 될지도, 주화입마가 될지도 몰랐다. 그 모습을 보고는 자운이 나서려 했다. 하지만 자운보다 먼저 움직인 것이 우천이었다.

우천이 산적을 베며 종횡무진 운산을 향해 뛰어갔다.

"사형!"

오랜 시간 함께 생활해 온 우천의 목소리가 들리자 순간 운산이 주춤했다. 우천이 그 순간을 놓치지 않고 계속해서 소리쳤다.

"사형, 죄책감을 최대한 누르고 소리치세요! 죽지 않으면 우리가 죽습니다!"

자운이 그것을 보고는 고개를 끄덕였다.

"참 가슴 아프긴 하지만, 강호에서 가장 중요한 기본 진리지."

조금씩 운산의 눈이 진정되고, 폭주할 듯 날뛰던 그의 기운도 진정되기 시작했다. 이렇게 되면 광인이 되거나 폭주하여 주화입마에 들 위험은 줄어드는 듯 보였다.

우천은 운산을 설득하는 와중에도 주변의 산적들을 착실

하게 줄여 나갔다.

"죄책감을… 죄책감을 최대한 누르라고?"

운산이 우천의 말에 반응했다. 우천이 눈앞을 가로막는 적을 베었다. 피가 튀었으나 이제는 신경 쓰지 않는다. 베지 않으면 베인다. 죽이지 않으면 죽을 뿐이다.

"예, 죽이지 않으면 죽습니다."

마치 야생과 같은 세계, 그것이 강호다. 우천의 말에 운산이 검을 강하게 말아 쥐었다. 그의 눈이 원래대로 돌아오고, 상황을 인지하기 시작했다.

주변에 자신이 베어 넘긴 사람들이 죽어 있다. 살아 있다고 하더라도 평생을 불구로 살아가야 할 것이다.

그들의 옆에는 그들이 들고 위협하던 무기들이 있었다.

이곳은 야생이다.

약육강식이 확실한 곳. 저들은 어금니를 가지고 있는 맹수였다. 우천과 운산 역시 마찬가지다. 저들보다 더욱 강한 어금니를 가지고 있었다.

약육강식, 강자가 약자를 죽이고.

강자독식, 모든 것을 취한다.

야생에서 모든 것을 취하는 것은 곧 살아남는다는 의미였다.

운산이 검을 말아 쥐었다.

"야생에서는……."

그의 검에 강하게 내공이 주입되기 시작한다.

"으아아악!"

그의 검에 단번에 사람이 썰려 나갔다. 피가 후두두 쏟아지지만 물러서지 않는다. 외면하지도 않는다. 자신이 벤 사람을 바라보고는 고개를 돌린다.

운산의 검에 굳건한 의지가 깃든다.

"내가 맹수가 되어야 하는구나!"

우우우웅—

운산의 외침에 반응하여 그의 검이 울기 시작했다. 내공이 검을 타고 흐르고, 희미하나마 검 위로 기운이 덧씌워졌다.

누가 봐도 확실한 검기. 그 모습에 자운이 박수를 쳤다.

"좋구나! 좋아!"

검기상인(劍氣傷人)이라니, 각오를 다지게 해주려고 온 곳인데 생각지도 못한 수확을 얻었다. 운산의 검에서 망설임이 사라졌고, 그의 주변도 빠르게 정리되기 시작했다.

검기상인으로 한 번에 경지가 상승한 터라 그 속도는 우천에 비해서 빨랐으면 빨랐지 절대로 느리지는 않았다.

처음과 다르게 이제는 산적들이 주춤거리며 물러나고 있었다. 그들의 검에서 망설임이 사라지고, 진정한 무림인의 풍모가 드러나자 겁을 먹기 시작한 것이다.

이것이 맹수. 무림에서 살아가기 위해서는 겁을 집어먹어서는 안 된다.

상대에게 두려움을 주는 맹수가 되어야 한다.

자운이 우천과 운산을 보며 씁쓸하게 웃었다.

저들을 보고 있자니 자신의 예전 모습이 떠올랐다. 그가 폐관에 들어설 때의 나이가 스물일곱 무렵이었다. 그리고 그때의 자신은 이미 살인에 익숙해져 있었다.

'전장이었지.'

그가 열일곱이었을 무렵, 무림은 그야말로 전장과 전장의 연속이었다.

적성(赤星), 붉은 별이라는 무리가 창궐하였고, 그들은 빠른 속도로 무림을 점령해 나가기 시작했다.

그를 막기 위해 구파일방을 비롯한 정파의 여러 문파들과 사파의 대문파들이 연합을 했다.

그들의 힘이 정사를 연합하게 할 정도로 강력했던 것이다. 자운 역시 스승인 황룡검존을 따라 전장에 참여했다.

죽이지 못하면 죽는 전장.

죽고 죽이는 전장, 그 속에서 자운은 살인에 익숙해졌다. 전장에 능숙해지고, 무감각해졌으며 그의 검은 점점 더 날카로워졌다.

자운이 그때의 모습을 회상하며 중얼거렸다.

"그게 벌써 이백 년 전이라는 말이지……."

실감이 나지 않지만 진짜였다. 우천과 운산의 모습이 눈에 보인다. 이백 년 전이라면 상상도 하지 못했을 이야기. 자운이 피식 웃었다.

"이제는 여기서 살아가야지."

第九章 우리 앞에 나타나 줘서 고맙습니다

황룡난신

 자운이 포목점을 나서며 자신의 옷을 바라보았다. 황포(黃布)를 이용해 통을 넓게 만들었으며 소매에는 금실로 수놓은 용이 있었다.
 용은 자운이 팔을 움직일 때마다 꿈틀거리며 그 힘을 자랑하려는 듯 움직인다. 그가 가볍게 손끝으로 허리춤을 때렸다.
 탁탁—
 허리춤에도 역시 새로운 검이 들려 있었는데 굳이 꺼내어 보지 않아도 검면에 용이 음각되어 있을 것이다.
 지금 자운이 입고 있는 옷은 본래 과거 황룡문이 성세를 자랑하던 시절 입던 정복이다. 검 역시 얼마 전 이가 나간 것을 대신하여 바꾼 것. 자운이 메고 있는 보따리에는 이와 같은 옷이 두 벌 더 있었고 검 역시 두 자루 더 있었다.

"역시 옷이 날개라니까."

자운이 자신의 몸을 이리저리 살피며 말했다. 본래 자운이 입고 있던 옷은 너무 낡았을 뿐만 아니라 우천 덕분에 한쪽 다리까지 뜯어져 민망한 모습이었다.

하여 이제야 제 모습을 갖추게 된 것이다.

자운이 황룡문으로 돌아가기 위해 고개 모퉁이를 돌았다.

그 순간, 한줄기 바람과 함께 자운을 향해 살기가 쏟아졌다.

쉬익—

파공음과 함께 검영이 자운이 서 있던 자리를 향해 쏟아졌다. 자운의 몸이 슥 하고 흔들리고, 불어온 바람에 호롱불이 꺼지듯 신형이 사라졌다.

기습이 실패하자 습격자는 단번에 뒤로 물러섰다.

하지만 자운이 나타난 것은 그 뒤였다.

"너 누구냐?"

자운이 손을 뻗었다. 손에서 강력한 경력이 일어나고, 단번에 습격자의 몸을 움켜쥘 듯한 조법이 펼쳐졌다.

그의 팔에 수놓아진 황룡이 꿈틀거렸다.

파앗—

손이 허공을 가르고, 허망하게 조각난 옷자락만이 떨어져 내렸다. 습격자가 자운의 손을 피한 것이다. 자운의 눈에 이채가 어린다.

"호오."

자운은 고개를 들어 습격자를 다시 살폈다. 검을 들고 있는 습격자. 얼굴에는 복면을 하고 있었다.

자운이 그를 보고 중얼거렸다.

"어차피 복면 벗어도 난 못 알아봐."

지금 이 시대의 고수들에 대한 정보가 전혀 없으니, 얼굴을 본다고 해서 놈이 어디의 무슨 고수인지는 전혀 알 방법이 없었던 것이다.

자운을 습격한 것은 흑령문에서 나온 전귀였다. 전귀의 옆으로 진혼권이 내려섰다.

"어라? 이제 보니 두 놈이네?"

자운이 손가락으로 전귀와 진혼권을 콕콕 짚어서 말했다. 두 놈이라고 한 말에 화를 낼 법도 한데 전귀와 진혼권은 침착하다.

"황룡문의 고수."

전귀가 복면 아래로 물었다.

"어. 그게 바로 나야."

황룡이 자부심 가득한 모습으로 어깨와 허리를 세우는데 그 모습이 익살스럽다 못해 유쾌할 정도였다. 하지만 자운은 지금 장난치는 것이 아니다.

도발하는 것이다.

자운에게는 재주가 하나 있었다. 우천과 운산까지 인정하는 재주다.

말과 행동으로 사람의 속을 긁어버리는 재주 말이다.

지금 이 순간에도 자운의 재주가 유감없이 발휘되고 있었다.

"근데 틀린 게 있어. 황룡문의 고수라니?"

그 말에 진혼권과 전귀가 의문을 표했다.

"고수면 고수지 무슨 고수란 말이냐?"

"그냥 고수가 아니란 거야. 난 대고수다!"

말이 끝나는 순간, 자운의 몸이 전귀를 향해 날아들었다. 전귀가 헛바람을 들이켜며 뒤로 물러섰다.

"허업!"

하지만 자운의 주먹이 대번에 쫓아온다.

허공을 때리는 자운의 주먹.

퍼버벙—

강력한 권풍이 일었다. 전귀과 지지 않고 검을 뻗었다. 검과 권풍이 충돌하며 전귀가 몸을 뒤로 뺐다.

따다다당—

전귀가 몸을 빼고, 그 틈으로 진혼권이 몸을 밀어 넣었다.

그리고 자운을 향해서 주먹을 뻗는다.

진혼권이 자랑하는 마혼권(魔魂拳)!

그의 주먹에서 권경이 뿜어지며 자운을 후려쳤다. 아니, 그러려고 했다. 하지만 자운의 몸은 이미 그 자리에 없었다.

쉬익 하고 움직인다 싶더니 발을 들어 그대로 진혼권을 찼다.

진혼권이 양팔을 교차시켜 자운의 발을 막았다. 자운이 군살이 박혀 있는 진혼권의 주먹을 보며 말했다.

"너 혹시 권법에 자신 있냐?"

그의 별호는 진혼권. 권으로 이름을 날린 고수이니 당연히 주먹에 자신이 있었다.

그가 뒤로 물러나면서도 고개를 끄덕였다.

"물론. 내 권은 섬서에서도 알아주는 주먹이지."

그의 말에 자운이 피식피식 웃었다.

"포부가 작은 놈이네. 고작 섬서에 만족하다니."

그리고 양팔을 뻗었다. 자운의 양팔이 용처럼 꿈틀거리더니 이리저리 얽혀들었다. 두 주먹이 붉게 백열하고, 용이 화염을 뿜는 것 양 주먹이 쏘아졌다.

"본 문의 염룡교(炎龍嬌)라는 권법인데 맛이나 보라고."

자운의 두 주먹이 진혼권의 양팔을 때렸다. 그것은 마치 화인(火印), 불의 주먹이라도 된 듯 진혼권의 양팔에 선명한 자국을 만든다.

그 권경에서 느껴지는 뜨거운 열기에 진혼권이 비명을 질렀다.

"크아아아아악!"

진혼권이 비명을 지르자 그의 동료인 전귀가 움직였다.

"진혼권!"

하지만 자운이 더 빨랐다. 비명을 지르는 진혼권을 무시한 자운이 그대로 날아서 당도한 곳은 바로 뛰어오는 전귀의 앞이었다. 자운이 전귀를 향해 검을 뽑았다.

바람 소리와 함께 이루어진 경쾌한 발도술!

휘이익—

바람이 날아들고, 전귀와 자운의 검이 충돌했다.

따앙—

"이놈이!"

전귀가 자운을 향해서 이를 드러내며 분노를 표했다. 그 틈을 놓치지 않고 두 팔에 화인이 남은 진혼권이 자운의 등으로 권을 찔러 넣었다.

"어?"

등에 메고 있는 보따리에는 우천과 운산의 옷이 들어 있다.

지금 이게 찢어지면 옷을 새로 사야 한다.

자운이 허리를 비틀었다. 그 바람에 전귀를 누르고 있던 검의 힘이 약해지고, 한순간 전귀의 검이 자유로워졌다.

부우욱—

자운의 허리춤이 찢어진다.

진혼권의 주먹은 피했으나 전귀의 검은 미처 피하지 못한 탓이다. 등에 메고 있는 보따리만 아니었어도 공격을 피하는 것은 전혀 무리가 없었을 것이다.

자운이 뒤로 빠졌다.

화끈거리는 감각이 없는 것으로 보아 상처는 없는 듯했다. 통을 넓게 만든 탓에 옷만 베여 나간 것이다. 자운이 찢어진 자신의 허리춤을 보며 말했다.

"너네 이제 죽었다."

그가 등에 메고 있는 보따리를 내려놓았다. 그리고는 검을 움켜쥐고 진혼권과 전귀를 향해 천천히 다가갔다.

"마지막으로 말해. 살려줄지도 모르니까. 어디서 온 놈들이냐?"

자운도 알고 있었다, 답할 리가 없다는 것쯤은. 자운이 한 걸음을 더 다가갔다.

저벅—

그의 몸에서 기운이 일었다.

"그렇지. 말해줄 리가 있나."

자운이 검을 아무렇게나 휙휙 휘둘렀다. 그 모습이 마치 난봉꾼과 같아 전혀 고수의 풍모가 느껴지지 않았다. 하지만 진혼권과 전귀는 방심하지 않았다.

방금 전의 싸움으로 알았다. 놈은 고수다. 그것도 감히 경시하기 힘들 정도의 고수다. 천하에 이름을 논할 만한 고수, 그런 고수를 만났기에 쉬이 긴장을 풀 수 없다.

또한 승부욕이 불타올랐다. 진혼권과 전기가 눈빛을 주고받았다.

그리고 둘이 동시에 튀어나왔다!

섬전과 같은 속도!

단번에 자운의 앞으로 날아드는 두 개의 신형!

자운이 그것을 보고 이죽거렸다.

"그래, 둘이 함께 나와야 같이 죽지. 좋은 선택이야."

자운이 검을 뿌렸다. 검에 기운이 일고, 검기가 둘을 향해 날아든다.

전귀 역시 검기를 불렀다. 검 위로 푸른 검기가 덧씌워지고, 자운이 날린 검기와 전귀의 검기가 충돌하며 폭음을 일으켰다.

번쩍번쩍하며 불똥이 튄다.

자운이 뒤로 물러서며 다시 검기를 뿌렸다. 이번에는 진혼권이었다. 진혼권의 두 주먹에 선명하게 기운이 담기고, 검기를 주먹으로 쳐내었다.

그리고는 단번에 자운을 향해 쇄도한다.

먼저 공격을 한 것은 전귀였다. 전귀가 자신의 절초 투견검(鬪犬劍)을 펼치며 다가왔다.

동족을 물어뜯는 이빨을 가진 동물, 투견(鬪犬)!

날카로운 송곳니가 자운에게 닿으려는 순간, 자운의 송곳니가 일었다.

용의 송곳니, 자운이 황룡문의 용아행(龍牙行)을 펼쳤다.

네 개의 송곳니가 일어나고, 공기가 찢어발겨졌다. 용의 송곳니와 투견의 송곳니가 연달아 충돌한다. 충돌하는 순간, 전귀의 검을 막아내기 위해 자운의 검은 무방비 상태가 된다.

그 순간을 노리고 진혼권이 주먹을 날렸다. 마혼권이 자운을 향해 날아든다.

자운은 마혼권을 바라보고는 한 손으로 염룡교를 펼쳤다.

본래 염룡교는 두 손으로 펼치는 무공이다. 한 손으로 펼치게 되면 그 힘은 절반 이하로 내려간다.

염룡교와 마혼권이 충돌하는 순간, 자운은 재차 염룡교를 두 번 더 뿌렸다.

부족한 힘을 횟수로 막은 것이다. 하지만 마혼권이 다시 날아들고, 손으로 막게 된다면 속도가 떨어지는 순간 마혼권이 자운의 가슴에 직격할 것이다.

자운이 두 다리를 털었다.

퇴법을 밟았다.

밟는 동시에 자운의 발에서 강력한 각법이 펼쳐졌다. 용이 구름을 움켜쥐는 듯한 움직임. 용의 발톱에 움켜쥐어진 마혼권이 그대로 터져 나갔다.

동시에 다른 발톱이 그대로 전귀의 몸을 그어 내렸다.

한순간 비상하는 세 개의 발톱. 발톱은 전귀의 몸을 파고들고, 육중한 무게를 실어 그어 내린다.

상에서 하로 내리긋는 그 공격에 피가 솟구쳤다.

전귀의 옷이 터져 나가며 검에 당한 듯한 상처가 그대로 내려 그어진다. 무려 셋.

자운의 눈이 번쩍 빛났다.

"말할 필요 없어."

정체 따위, 지금은 몰라도 된다.

"고문을 할 생각도 없어."

귀찮게 왜 억지로 알아낸다는 말인가?

대충 추측되는 바도 있었고, 이 정도면 이름을 날리는 고수일 것이다.

그러면 방법이야 충분히 있다.

"알아낼 방법이 있으니까."

자운이 그대로 손을 뻗었다.

콰앙—

진혼권의 가슴이 자운의 손으로 딸려 들어오며 진혼권의 몸이 그대로 벽에 처박힌다.

그것으로 끝.

절명(絶命).

진혼권의 몸이 벽에 처박힌 채로 축 늘어졌다.

한 수에 죽어버린 것이다. 자운이 손을 뗐음에도 불구하고 진혼권의 몸은 아래로 떨어지지 않았다. 몸채로 벽에 처박혀 버린 것. 뒤이어 자운이 또 손을 뻗었다.

이번에 잡은 것은 전귀의 몸이었다.

전귀의 몸 역시 그대로 들어 벽에 처박으려 했다. 전귀가 빠져나오기 위해 자신의 몸을 잡고 있는 자운을 향해 칼질을 했다.

"이익!"

카앙—

하지만 자운의 검은 너무도 수월하게 그런 전귀의 검을 쳐내어 버린다. 진혼권과 전귀, 그 실력은 거흥도보다 떨어졌으나 그들 역시 흑령문에서 열 손가락 안에 드는 실력자였다.

그리고 둘이라면 충분히 거흥도라도 제압할 수 있다.

그래서 자운도 제압할 수 있을 것이라 생각했다.

하지만 자운은 그들의 상상을 넘어선 괴물이었다. 그야말로 용!

아직 세상에 이름이 드러나지 않았고, 승천하지 않는 용이다.

흔히 신진의 젊은 고수들을 용이라 한다. 그것은 용이 될 기미가 보이기 때문이다.

하지만 자운은 그들과 비교되는 용이 아니었다.

용이 될 가능성이 보이는 것이 아니라 그 자체로 용이었다.

'잠룡(潛龍)!'

승천할 준비를 하며 아직은 물속을 노니는 용이었다. 이 용이 세상으로 나온다면 세상은 크게 놀랄 것이 분명했다.

거기까지 생각했을 때!!!

콰과광—

담벼락에 그대로 전귀의 몸이 틀어박히며 전귀가 절명했다.

신음 소리 한번 뱉어내지 못하고 벽에 처박힌 그들을 자운이 바라보았다.

"내가 알아낼 방법이 있다고 했지?"

자운이 다가가 그들의 복면을 벗겨냈다. 얼굴을 본다고 그들이 누구인지 알아볼 수 있을 리가 없지만 그래도 벗겨내었다.

그리고는 복면을 그대로 조각내어 허공에 뿌렸다.
"내일 아침에 보자고."
자운이 손을 털며 그 자리에서 물러났다.

* * *

황룡문으로 돌아온 자운을 우천과 운산이 맞이했다.
"대사형, 허리에 그건 어떻게 된 겁니까?"
자운이 새로 맞춰 입은 옷이 허리가 터져 나가 있는 것을 발견한 운산이 물었다. 운산의 물음에 자운이 침을 바닥에 뱉었다.
"퉤. 습격을 당했어."
그리고는 터져 나간 자신의 옷을 살핀다. 지금 보니 바늘로 이으면 그럭저럭 티 나지 않게 이어질 것 같았다. 비싼 옷이니 벌써 새로 맞추고 싶지도 않았고, 잘되었다는 생각이 들었다.
"야, 너 가서 바늘이랑 실 가져와라."
자운은 우천을 시켜 바늘과 실을 가져오게 했고, 자운의 허리를 운산이 걱정했다.
"어디 다치신 데는 없습니까? 도대체 누가 습격을 한 겁니까?"

"몰라."

"예?"

"넌 습격하는 놈들이 난 누구요 하고 말하고 습격하냐. 모른다고. 내일 아침이면 알게 되겠지."

자운의 말은 더욱 의문을 만들 뿐이었다. 지금은 모르는데 내일 아침이면 알게 된다니.

이토록 해괴한 말이 또 어디 있단 말인가?

자운은 우천이 가져온 실과 바늘로 천천히 옷을 꿰매기 시작했다. 감쪽같지는 않았으나 어느 정도 티가 나지 않게 옷이 꿰매어졌다.

곧 자운이 비명을 질렀다.

"으아악! 안의 거랑 같이 꿰매 버렸어!"

두 개의 옷이 하나가 되었다.

그리고 자운이 말하던 아침이 되었다. 처참하게 벽에 처박혀 있는 전귀와 진혼권에 대한 소문이 나돌았다.

전귀와 진혼권은 섬서의 무림인이라면 모르는 사람이 없을 정도의 고수다.

그들이 얼굴을 다 드러낸 상태로 벽에 처박혀 죽어 있는 것을 확인한 이들 사이에서 많은 억측이 나돌았다.

물론 그 어떤 억측에도 자운이 들어가지는 않았다. 그들의 정체와 억측이 나돌고, 그 가운데서 자운은 자신에게 필요한 정보만을 정확하게 골라서 챙겼다.

"음, 전귀와 진혼권이라는 말이지."

자운이 고개를 끄덕이며 말했다. 그리고 놈들이 소속된 곳도 알아내었다.

"흑령문."

자운이 추측하고 있던 곳과 똑같았다. 자운이 으득 소리가 날 정도로 이를 강하게 깨물었다.

"기다려. 곧 흠씬 패주러 갈 테니까."

자운이 알지도 못하는 흑령문주를 향해 씹어 뱉었다.

어둠이 내리고, 달빛이 하늘에서 떨어졌다. 밤바람이 낮게 불어오며 풀을 스친다. 자운이 그 속에서 천천히 걸음을 움직였다.

자운의 걸음이 향하는 곳은 황룡문의 뒤편에 위치한 연무장이었다. 얼마 전에 일꾼들의 손으로 복원된 연무장. 그 위에서 한 인영이 검을 휘두르고 있었다.

날카로운 검세. 아직 부족함이 눈에 보이지만 나쁘지 않은 검이 어둠을 가르며 바람을 따르고 있었다. 그 모습을 발견한 자운의 눈에 이채가 어린다.

"흐음."

검을 휘두르고 있는 이는 우천이었다. 오랜 시간이 지난 듯 온몸은 흠뻑 땀으로 젖어 있었고, 바람을 따르는 공세 역시 거칠기 그지없다.

그의 앞에서 바람이 잘려 나간다.

자운이 운천을 향해 천천히 다가갔다. 그리고는 기습적으로 우천의 손을 움켜쥐었다.

"너, 이게 뭐냐?"

우천의 손은 이미 부르트고 찢어져 피투성이다. 우천이 얼마나 필사적으로 검을 휘둘렀는지를 단적으로 보여주는 예라 할 수 있었다.

자운의 말에 우천이 자신의 손을 내려다보고는 자운의 얼굴을 바라보았다.

"대사형."

"과한 수련은 몸을 망칠 뿐이라는 사실을 알고 있을 텐데? 너는 이미 오전 중에 충분한 훈련을 했다. 그래서 쉬어야 하는데 또 이런 훈련을 하는 거냐?"

그의 말에 우천이 검을 움켜쥐었다.

"운산 사형이 검기상인에 들었습니다."

자질만 놓고 이야기하자면 더욱 높은 쪽은 우천이었다. 한데 우천보다 운산이 빠르게 검기상인에 접어들었다. 부럽기는 하지만 질시하는 것은 아니다.

그래도 무인으로서 강해지고 싶다는 욕망까지 버릴 수는 없었다.

자신의 사형이 검기상인에 접어드는 것을 보고 어쩌면 그 마음이 더욱 자극되었을지도 모른다.

우천의 말 한마디에는 이런 감정이 절절히 배어 있었다. 자운 역시 무인이다. 그도 과거에 내공이 쌓이지 않았을 때 이런 감정에 휩싸인 적이 있었다.

다른 사형제들이 내공이 쌓이고 점점 강해지는 것을 부러워했고, 그들에게 지지 않기 위해서 훨씬 더 많은 시간을 운기에 투자했다.

하지만 하늘이 자운에게 내린 것은 그야말로 천형(天刑). 그의 몸에 내공이 쌓이는 축기의 속도는 그야말로 극악 그 자체였다.

그때 자운이 느낀 감정과 지금 우천이 느끼는 감정은 크게 차이 나지 않을 것이다. 자운이 우천을 내려다보았다. 그리고는 허리춤에서 검을 뽑았다.

스릉―

검명이 울리며 자운의 허리춤에서 새로 맞춘 검이 뽑혀지고, 자운이 그 검을 우천을 향해 겨누었다.

"검을 들어."

자운의 말에 우천이 그게 무슨 말이냐는 표정으로 그를 올려다본다. 자운은 망설임없이 우천을 향해 한 걸음 성큼 다가갔다.

"강해지고 싶은 거 아니야? 검을 들어라."

말이 끝나는 순간 자운의 검이 허공을 갈랐다.

번쩍하는 빛과 함께 그대로 우천의 몸을 베어간다. 우천이 황급하게 검을 들었다.

검과 검이 충돌하며 어둠 속에서 불똥이 튀었다.

우천의 몸이 자운의 검에 밀려 주르륵 밀려났다.

우천이 검을 그어 내렸다. 자운이 성큼 다가오는 것을 보았기 때문이었다.

하지만 자운에게 우천의 검은 전혀 문제가 되지 않았다.

자운의 검에서 기운이 일어나고, 한 번의 내리그음에 세 줄기의 검력이 일었다.

카라라락―

우천이 다급하게 검을 들었다.

"힘으로 막을 생각 하지 말고 기운을 흘려라."

우천을 보고 자운이 한마디를 툭 던졌다. 그리고는 그것을 이해할 시간도 없이 빠르게 밀어붙였다.

카가가가가강―

연달아 검이 충돌한다. 하지만 이상한 것이 직선적인 공격이 단 하나도 없었다. 대부분 흘려내기 좋은 각도로 검을 날린 것. 자운은 말 한마디를 던지고 우천이 그것을 체득하도록 유도하고 있는 것이다.

얼마간 충돌이 이어졌을까?

자운의 바람대로 우천이 검을 조금씩 흘려내기 시작했다. 그러자 자운의 검이 조금씩 직선적인 공세로 접어들었다.

사선 공격에 비해서 직선 공격은 각이 없기 때문에 흘려내는 것이 쉽지 않다.

'더 어려워졌어.'

막아내는 우천은 그것을 느끼고 있었다. 처음에는 흘려내는 것에 엄두도 내지 못했다. 하지만 어느 정도 공격을 흘리는 것이 익숙해졌을 무렵, 자운의 공격이 다시 변하며 흘려내기 어렵게 바뀐 것이다.

검과 검이 연달아 충돌했다.

카앙— 카앙—

힘으로는 자운을 이길 수 있을 리가 없다. 자운의 황색 장포가 휘날리는 것이 우천의 눈에 들어왔다. 그와 함께 또다시 자운의 말이 귓가에 울린다.

"검의 각도만으로 검을 흘릴 생각은 하지 마. 나의 힘과 상대의 힘을 적절하게 응용해서 하는 거다."

지금 자운이 하고 있는 말은 이화접목(移花接木)의 묘를 말하고 있는 것이었다. 이 속에서 얼마나 얻어내느냐 하는 것은 순전히 우천의 오성과 노력에 달려 있었다.

지금 당장에 무언가를 얻는 것은 바라지도 않는다. 또한 운산과 마찬가지로 우연히 검기상인에 오르는 요행을 바라는 것도 아니었다.

하지만 자운이 지금 말하는 바를 충분히 이해한다면, 검기상인에 오르지는 못해도 검기상인에 오른 고수를 충분히 상대할 수는 있을 터였다.

우천이 무언가를 얻든 말든 자운의 말은 계속 이어졌다.

"요령만 생긴다면 적은 힘으로도 충분히 큰 힘을 이겨낼 수 있지."

이화접목과 이어지는 것은 사량발천근(四兩拔千斤). 넉 냥의 힘으로 천 근을 움직인다.

지금 자운이 그려내는 검로는 그야말로 사량발천근과 이화접목을 수련하기에 가장 접합한 검로였다.

자운의 검은 무거웠으며 충분한 힘이 들어가 있었다. 우천이 이 힘을 자신의 것으로 해 자운의 검을 움직일 수 있다면 검기를 밀어내는 것 또한 일이 아니리라.

자운이 바라는 것이 바로 그것이었다.

우천에게는 재능이 있다. 그 재능이라면 전부는 아니더라도 어느 정도는 건져낼 수 있으리라.

이렇게 생각하는 자운과는 달리 우천으로서는 그야말로

죽을 맛이었다.

　공격 하나하나가 묵직하기 그지없으며 힘이 담겨 있는 직선 공세라 빗겨내기도 쉽지 않았다.

　카앙―

　자운의 검이 우천의 검끝에 닿았다. 그 순간, 우천의 검이 우연스럽게도 살짝 휘어졌다. 용수철이 원래의 모습으로 돌아오듯 우천의 검이 튕겼고, 그 바람에 거력이 담긴 자운의 검이 살짝 방향을 바꾸었다.

　작은 힘으로 큰 힘을 이긴다!

　사량발천근(四兩拔千斤)!

　완벽한 사량발천근은 아니었으나 우연한 한 수로 우천에게 활로가 생겼다.

　'이건가?'

　자운이 우천의 검에 다시 검끝을 가져갔다. 검끝이 튕기듯이 자운의 공세를 조금 바꾼다. 이화접목까지는 아니지만 어느 정도 사량발천근을 보일 수 있게 된 것이다.

　"좀 더 세게 가볼까?"

　대부분 깨달음이라는 것은 크든 작든 우연적으로 찾아온다. 그리고 그 우연을 자신의 것으로 만들 수 있느냐 없느냐가 무재를 나누는 재능이다. 그런 면에서 본다면 지금 이 우연을 조금씩 체화시키고 있는 우천은 재능이 있었다.

그것이 즐거운 자운은 피식 웃음을 터뜨렸고, 공세가 한층 강해졌다.

"대, 대사형, 이러다 정말로 죽겠습니다."

자운이 검을 멈추지 않으며 말했다.

"안 죽어. 딱 안 죽을 만큼만 하고 있으니까."

자운의 그 말 그대로 죽지 않을 만큼 하고는 있으나 당하는 입장에서는 그야말로 죽기 일보 직전이었다.

"정말로 죽어요! 죽는다고요!!"

우천의 귓가로 검이 스치고 지나갔다. 그 바람에 머리칼 몇 개가 떨어져 바닥으로 흘러내린다.

"그래, 원래 훈련은 죽을 만큼 힘든 거야."

"죽을 만큼 힘든 게 아니라… 으악!"

자운의 검을 우천이 간신히 쳐내었다.

"정말 칼 맞아서 죽겠다고요!"

"원래 무림이 그렇지, 뭐. 칼 맞아 죽고, 장법 맞아 죽고, 주먹 맞아 죽고."

"대사형이 나를 죽인다는 말입니다!"

자운이 싱긋 웃었다. 그 미소가 참으로 해맑았다.

"에이, 설마 내가 그럴 리가 있겠어?"

우천이 비명을 질렀다.

"으아아아아아아!!"

결국 자운의 수련을 마친 우천은 그 자리에 개구리처럼 대(大)자로 쫘악 뻗어버렸다. 연무장 주변에 이름 모를 풀벌레가 울었고, 자운이 그런 우천의 옆에 앉았다.

"힘드냐?"

자운의 말에 우천이 거친 숨을 몰아쉬었다.

"헤엑! 헤엑! 정말로 죽는 줄 알았습니다."

자운이 그를 탁 때렸다.

"아까도 말했지만, 안 죽었다."

그 말 그대로였다. 죽는 줄 알았는데 정말 죽지는 않았다. 우천이 마지막에 느꼈던 그 감각, 그 감각이 큰 도움이 되었다.

한순간 세상이 멎으며 자운의 검이 보였다. 멈추어진 세상에서도 자운의 검의 속도는 전혀 느려지지 않았다. 한 가지 달라진 것이 있다면, 보이지 않았던 자운의 검에 담긴 힘이 보였다는 것이다.

그리고 그 힘을 자신의 힘으로 받았다. 그것은 속도가 있는 와중에도 매우 조심스러운 일이었다. 촛불의 불씨를 다른 촛불로 넘겨 붙이는 듯한 매우 조심스러운 움직임. 그리고 자운의 힘이 우천의 검으로 이어졌다.

마치 두 개의 검이 하나가 된 듯, 자운의 검은 우천의 검에 딱 달라붙어서 검의 궤도를 바꾸었다.

사량발천근과 이화접목. 자운이 우천을 툭 쳤다.

"마지막의 그 감각, 잊지 마라."

아직도 호흡이 정리되지 않은 우천이 누워서 고개를 끄덕였다. 우천이 고개를 끄덕인 것을 확인한 후에 자운도 우천과 함께 연무장에 누웠다.

검은 밤하늘이 보이고, 무수히 많은 별들이 함께 눈에 들어왔다.

자운이 그것을 보고는 피식 웃었다.

"별 참 많다."

마치 강호와 같았다. 강호에는 수없이 많은 신성이 있고 별과 같은 고수들이 있다. 하지만 그중 사람들의 기억 속에 확실히 기억되는 것은 고작 몇 개뿐. 거기까지 생각한 자운이 피식피식 웃음을 터뜨렸다.

"그러네요. 별이 참 많네요."

그런 자운의 생각을 아는 것인지 모르는 것인지 우천은 호흡을 고르며 별 구경하기에 여념이 없다. 한참 별 구경을 하던 우천이 자운을 향해 물었다.

"저는 언제쯤이면 대사형 같은 고수가 될 수 있을까요?"

"걷지도 못하는 게 뛰려고 하냐? 이백 년은 이르다."

그 말에 우천이 웃었다.

"전 오백 년을 살 것이니 이백 년 후면 대사형만큼 강해질 수 있는 거군요."

"이게 한마디를 안 지려고 하네? 죽을래?"

"안 죽이는 거 알고 있습니다."

그 말에 자운과 우천이 동시에 웃었다. 아까도 죽을 만큼 힘들었지만 안 죽었다. 그걸 우천이 빗대서 말한 것.

한참을 웃던 자운이 우천의 등을 탁 때렸다.

"한 번에 나가려고 하지 말고 조금씩 조금씩 올라가라."

사상누각이라는 말이 있다. 모래 위에 지어진 누각, 그 누각은 파도가 한번 치면 모래와 함께 쓸려가 무너질 것이다.

"그렇게 해서 고수가 언제 됩니까?"

"될 놈은 언젠가는 돼. 넌 근골이 괜찮으니까 잘 할 거야."

그렇게 또 침묵이 이어졌다. 풀벌레 찌르르 우는 소리가 계속해서 들리고, 우천이 조용히 말했다.

"대사형, 우리 앞에 나타나 줘서 고맙습니다."

어디선가 바람이 불었다.

황룡난신

 염호명의 맞은편에는 붉은 머리칼을 자랑하는 적발라가 자리하고 있었다.
 먼저 입을 연 것은 적발라 쪽이었다.
 "진혼권과 전귀가 아주 박살이 났다고 하더군."
 "으음."
 적발라의 도발적인 말에 염호명은 아무런 말도 하지 못했다. 사실이었기 때문이다. 진혼권과 전귀의 합격이라면 화산의 장로 역시 생사를 장담하지 못할 것이라 생각했는데 놈은 그것보다 더 위였나 보다.

"죽기 전에 전귀가 마지막으로 전서구를 보내왔다. 놈은 황룡문의 놈이 맞다고 하더군."

염호명의 말에 적발라가 고개를 끄덕였다.

"과연 썩어도 준치라더니 황룡문……."

"아직 그만한 힘을 가지고 있던 모양이군."

왜 성에서 황룡문을 걱정했는지 알 것 같다. 이 정도의 저력을 숨기고 있었다면 정말 황룡무상십이강을 사용하는 고수를 숨겨두고 있을지도 모르는 일 아닌가?

물론 최악의 경우였지만, 이 경우도 염두에 두어야 한다. 작전이라는 것은 최악의 경우를 염두에 두고 짜야 하는 것이니 말이다.

"이제 어떻게 할 거지?"

거홍도에 이어 전귀와 진혼권까지 모두 죽었다. 그 정도의 고수에게는 수하를 아무리 많이 보낸다고 한들 잡을 수 없으리라.

한 손으로 열 손을 막을 수 없다는 말이 있지만 그것은 수준이 어느 정도 엇비슷할 때다. 지금의 놈은 하급 무사 백을 보내도 잡을 수 없을 정도다.

"막막하군."

그렇다고 흑령문을 직접 움직일 수는 없다. 흑령문이 직접 움직인다면 화산이 주목하게 될 거고, 그렇게 되면 성에 대한 정체가 드러날 수 있다.

성에 대한 정보가 그렇게 쉽게 흘려지는 것은 아니지만, 그래도 만에 하나라는 것이 있기 때문에 안전을 기하는 것이 좋았다.

"내가 좋은 소식을 알려주지."

적발라가 붉은 머리카락을 어깨너머로 넘기며 말했다. 무슨 좋은 소식 말인가?

염호명이 들고 있던 다기를 내려놓으며 고개를 들어 적발라의 얼굴을 빤히 바라보았다.

"성에서 허가가 떨어졌네. 흑령문이 움직여도 된다고 하네."

그 말에 염호명의 눈이 크게 치켜떠졌다.

"그런! 그렇게 되면 화산의 눈길이 흑령문으로 향할 텐데?"

그의 말에 적발라가 피식피식 웃었다.

"화산은 그럴 여력이 없을 걸세."

그의 말에 염호명이 반문했다.

"화산이 그럴 여력이 없을 것이라니? 자네, 화산이 어떤 곳인지 잘 알고 있지 않은가."

물론 잘 알고 있다. 구파일방의 하나로서 오악검파(五嶽劍派)의 수장이라 불리는 문파가 화산이 아니던가.

"물론 잘 알고 있네. 하지만 화산은 이번에 신경을 쓰지 못할 걸세."

아직도 염호명은 그 이유가 이해되지 않았다.

"왜 그런 것인가?"

적발라가 수도를 들어 자신의 목을 긋는 시늉을 했다. 누군가가 죽는다는 손짓. 그리고 적발라의 입이 천천히 열린다.
"검선이 죽을 거니까."

*　　　*　　　*

구파일방 중의 하나이며 또한 오악검파의 수장. 본래 천하명산인 화산(華山)의 수려한 정기를 배경 삼아 봉우리마다 뿌리를 내리고 성장하던 도가 검파들이 하나가 되었고, 그리하여 불리게 된 이름 화산파.

속가(俗家)와 도가(道家)가 자연스럽게 어울려 자리했으며 또한 정통적 검파(劍派)라는 것을 누구도 부인할 수 없는 문파.

그것이 바로 화산이었다.

그 화산의 선인봉(仙人峰). 우뚝 솟은 봉우리 위로 운해가 첩첩히 쌓여 거대한 바다가 흐른다.

구름의 바다가 흐르는 그곳은 그야말로 장관 그 자체. 그 위에서 평범한 촌노가 매화 가지를 다듬고 있었다.

한 폭의 그림과 같은 풍경이다. 촌노는 신선의 매화를 다듬는 것인가?

그렇지 않다. 신선의 매화를 다듬는 것이 아니라 촌노 그 자체로도 이미 신선일 것이다.

매화검선(梅花劍仙) 소요자.

일신의 경지가 검선 여동빈에게 닿을 정도로 검학을 쌓고 도를 이루었다 하여 촌노를 달리 무림에서 부르는 이름이었다.

매화를 다듬는 촌노의 얼굴에는 미소가 가득 걸려 있었다.

그리고 특이한 것이 하나 있었는데, 촌노가 매화를 다듬는 방향만 구름이 자리하고 있지 않았던 것이다. 덕분에 촌노는 매화를 다듬으면서도 화산을 그대로 내려다볼 수 있었다.

자신의 사문 화산의 모습. 속세에 대한 모든 것을 털어버렸다고는 하나 사문에 대한 것을 털어버릴 수는 없었다.

그래서 이렇게 항시 신경을 쓰고 있는 것이다.

그의 손에서 매화의 죽은 가지가 잘려 나갔다. 틱 하고 부러지는 가지가 바닥으로 흘러내린다.

"실례하겠소."

그런 소요자의 뒤에서 인기척이 들렸다. 하나 소요자는 이미 알고 있었다는 듯 미동도 하지 않고 계속해서 매화 다듬기에 여념이 없었다.

한참 매화를 다듬던 소요자가 굽은 허리를 쭉 펴며 말했다.

"얼마 남지 않았으니 조금만 기다리시오."

"그러시오. 바쁜 것은 없으니 절경을 잠시 둘러보고 있겠소."

뒤에서 느껴진 인기척이 다가와 구름 아래를 내려다보았다.

"참으로 절경이구려. 그렇지 않소?"

그가 말을 걸자 소요자는 고개를 끄덕였다. 그리고는 묵묵하게 매화를 다듬었다.

이윽고, 오랜 시간이 걸리지 않아 매화 다듬는 것이 모두 끝이 났다. 소요자는 바닥에 떨어진 매화 가지들을 집어 들었다.

그리고 한쪽에 흙을 파 곱게 묻어주었다. 특별한 의미가 있는 것이 아니라 소요자 나름의 습관이었다.

매화 가지 다듬기가 끝이 나자 소요자가 고개를 돌려 객을 바라보았다.

"멀리서 오신 객이오?"

"글쎄올시다. 천하가 좁다고 하면 좁은 것이고 넓다고 하면 넓은 것이듯 멀리서 온 것인지 가까이서 온 것인지 알 수가 없구려."

객은 청의 장삼을 입고 있었고, 몸에서는 은은한 다향이 풍겼다. 허리춤에 있는 검은 명검으로 보이는 것이 값이 적지 않게 나가는 듯하다. 그리고 또 한 가지, 소요자만이 느낄 수 있는 냄새가 있었다.

'고수의 냄새.'

객에게서는 이 시대의 검선이라 불리는 소요자마저 긴장하게 만들 냄새가 나고 있었다. 특유의 여유로움 때문인가?

그렇지 않으면 허리에 차고 있는 검 때문인가?

그에게서 느껴지는 고수의 향은 오랜만에 소요자의 가슴

을 다시 뛰게 하기에 충분했다.

'허허, 버렸다 생각했는데 버리지 못했구나.'

아직까지 버리지 못한 무인의 성질, 그래서 매화선(梅花仙)이 아니라 검선(劍仙)이라고 불리는 것일 것이다.

"차 한잔 들겠소?"

소요자가 방금 갓 데운 차를 객에게 보여주며 말했다. 몸에서 다향이 느껴지니 분명 차를 좋아하는 객일 것이라 생각하고 차를 권한 것이다.

소요자의 말에 객이 기분 좋게 고개를 끄덕였다.

"주신다면 받아야지요."

소요자는 곧 찻물 가득한 잔을 내밀었고, 객은 두 손으로 찻잔을 받아 천천히 음미하기 시작했다.

그리고 둘의 찻잔이 반 정도 비워졌을 때, 소요자가 입을 열었다.

허허로운 말투.

"그래, 이 산 깊은 곳까지는 힘들게 왜 오셨소."

그 말에 객이 찻잔을 내려놓으며 빙긋 웃었다. 정말로 자애롭다고 느껴지는 미소. 하지만 그의 입에서 나온 말은 그리 자애로운 것이 아니었다.

"선자불래요, 내자불선이라고 하지요."

선자불래 내자불선(善者不來 來者不善)

온 자는 선하지 않고 선한 자는 오지 않는다. 이 말에서 알 수 있듯 객은 소요자에게 좋은 마음을 먹고 오지는 않았다는 말이다.

하지만 검선은 과연 검선. 그런 말을 듣고도 흔들림이 없다.

부동(不動)의 심(心).

소요자가 찻잔을 내려놓으며 물었다.

"어디서 오셨소?"

그 말에 자애롭기 그지없던 객의 얼굴이 차갑게 변했다. 딱딱하게 굳어가는 객의 얼굴. 객은 곧 그 얼굴로 소요자에게 자신이 온 곳을 말했다.

"붉은 별."

"적성(赤星)이라……. 적(赤)이겠구려. 붉은 별을 말한 것을 보니 내 목을 꼭 가져가야겠다는 뜻 같은데, 그냥 넘어가면 안 되겠소이까?"

객이 고개를 흔들었다.

"오적(五赤)이라 하외다. 안타깝게도 그럴 수 없을 것 같소."

오적의 몸에서 기운이 솟구쳤다. 그 기운이 사방으로 뻗어나가며 구름이 갈라진다.

츠츠츠츠츠츠츳—

구름이 두 쪽으로 갈라지고, 거대한 기세가 하늘로 솟구쳤다.

소요자가 자신의 방을 향해 손을 뻗었다.

쉬리릭— 탁

그의 검이 단박에 소요자의 손으로 빨려들어 가고, 소요자의 몸에서도 오적에 지지 않을 정도의 기세가 솟구치기 시작한다.

오적의 기운이 패도적이었다면 소요자의 기운은 부드럽기 그지없다.

패도적인 기운과 유한 기운이 연달아 충돌하고, 아무것도 없는 허공에서 불똥이 튀었다.

"천하가 어지러워지겠구려."

"어지러워진 후에야 평화가 오는 것이 아니겠소."

"글쎄요. 그것을 평화라고 할 수 있을지……."

먼저 움직인 것은 오적이었다. 오적이 검을 쭈욱 뻗어 소요자의 목을 노린다. 직선적인 공격. 누구나 막을 수 있을 듯한 너무 직선적인 공격이었다.

하지만 소요자의 눈에는 보였다. 검을 움직인 순간, 상대의 검이 틀어지며 다시 노려올 것이다. 수십, 수백의 변초, 변화 가능성을 내포하고 있는 찌르기였다.

소요자의 손에서 매화가 피어났다. 구름 위에 피어난 매화가 검향(劍香)을 뿌리며 검과 검 사이를 노닐었다.

검향이 일며 오적의 검을 밀어내고, 오적의 검에서도 기운이 솟구친다. 그것은 별이었다.

오적의 검은 마치 하늘의 별과 같아 유성의 충격을 만들어

냈다.

　매화와 유성이 연달아 충돌하고, 소요자는 자신의 검이 크게 휘청거리는 것을 느꼈다.

　"과연."

　소요자가 별 무리 없이 자신의 검을 막아내자 오적이 뒤로 물러서며 자세를 가다듬었다. 그것은 소요자 역시 마찬가지. 얼마나 자세를 가다듬었을까?

　오적이 소요자를 향해 말했다.

　"이번에는 그쪽이 먼저 오시오."

　그 말에 소요자가 고개를 끄덕이며 움직였다. 화산의 보법인 암향표(暗香飄). 어두운 와중에 매화 향기가 퍼져 나갔다.

　그리고 소요자의 몸이 매화 향기를 타고 부드럽게 움직이기 시작한다.

　부드러우나 바람과 같이 날래기 그지없어 소요자의 신형은 순식간에 오적의 앞에 당도한다.

　그것을 보고 오적이 소리쳤다.

　"과연 화산의 암향표!"

　암향표에 이어서 펼쳐진 것은 매화삼릉검(梅花三凌劍)이었다.

　삼릉검의 초식이 하늘을 가득 메우고, 영롱한 빛의 매화가 허공중에 피어오르기 시작한다. 그 모습이 아름답기 그지없어 매화의 화원에 들어온 것만 같다.

하지만 오적의 시선은 흔들림이 없다. 화려한 매화 사이에서도 그가 바라보고 있는 것은 오로지 하나, 소요자의 검이었다.

오적의 동공에 소요자의 검이 들어오고, 오적이 검을 마주 뻗었다.

유성이 땅에서 하늘로 솟구치고, 하늘에서 떨어지는 매화와 유성이 연달아 충돌을 일으켰다.

매화의 변화는 거기서 끝나는 것이 아니다. 매화와 유성이 충돌한 순간, 매화가 산산이 조각나며 꽃잎이 아래로 떨어져 내렸다.

그것은 강기(罡氣).

매화의 꽃잎을 닮은 강기였다.

강기의 비가 내린다. 소요자가 검을 그어 내리고, 그 검을 따라 수십 다발의 강기가 쏟아졌다.

콰앙—

곧 오적이 서 있던 자리에 폭음이 울리며 땅이 움푹 파여나갔다. 그 속에 서 있는 오적 역시 낭패를 입은 모양이다. 입으로 울컥울컥 피를 게워내고 있었다.

하지만 소요자 역시 멀쩡한 것은 아니었다.

강기의 비가 내리는 순간, 유성이 땅에서 솟구쳤다.

이제까지의 것들과는 다른 거대한 유성, 그 유성을 막아내기 위해 매화 잎을 끌어당겼다.

그 때문에 오적을 그 자리에서 죽여 버리지 못했다.

서로가 서로의 안위를 도외시한 채 공격을 했으면 이 자리에는 둘 모두 살아 있지 못했을 것이다.

소요자가 구멍이 난 자신의 어깨를 내려다보았다. 급하게 꽃잎을 모아서인지 모두 방어를 성공하지는 못했다.

그래서 왼쪽 어깨에 검상을 허용했고, 그 때문인지 박살 난 왼쪽 어깨가 움직일 생각을 하지 않는다.

"으음."

소요자가 신음을 흘렸다. 이 상처가 얼마 만인가.

눈앞에 있는 오적이라는 자는 과연 생사를 걸어야 할 정도였다.

오적 역시 눈앞의 소요자를 만만하게 보지 않았다. 실수라도 하면 그 자리에서 목숨을 잃는 것은 소요자가 아니라 오적 자신이 된다는 사실을 너무도 잘 알고 있었기 때문이다. 그가 천천히 팔을 움직였다.

허공에서 별이 딸려 들어와 그의 검으로 모여든다. 그리고 주변에 겹겹이 강기의 막을 쳤다.

"과연 화산이오. 명불허전(名不虛傳)이구려."

"화산에는 아직도 뛰어난 절기가 많다오."

오적의 검에 맞추어 소요자의 섬노 천천히 허공에 매화를 수놓기 시작했다.

소요자의 검에서 붉은 비단이 뿜어지고, 비단은 허공중에 매화를 만들어간다.
 "그렇소? 그렇다면 어디 이것도 한번 받아보시오."
 오적의 검이 거대한 유성을 품었다. 그것은 그야말로 하늘의 신벌과 같은 유성. 떨어진다면 선인봉이 멀쩡하지는 않을 것이다.
 소요자도 그것을 알고 있다. 선인봉의 위쪽 봉우리가 무너지면 필히 산사태가 일어날 것이고, 그 피해는 고스란히 아래쪽에 있는 화산이 겪게 될 것이다.
 막아야 한다.
 소요자의 검이 매화를 완성하고, 허공에서 유성이 떨어졌다.
 콰과과과광—

 소요자의 바람대로 다행히 산사태가 일어나지는 않았다. 하지만 반경 십여 장의 땅이 온통 뒤집어졌으며 형체도 알아볼 수 없도록 갈라졌다. 오적의 힘이 조금만 강했어도 선인봉의 위가 무너지며 산사태가 벌어졌을 것이다.
 오적이 눈앞의 소요자를 내려다보았다.
 두 팔과 한쪽 다리가 잘려 나가고 눈마저 잃었다.
 옅은 숨을 몰아쉬고 있으나 곧 죽을 것이다. 오적 역시 멀쩡하지 않은 것은 마찬가지. 그의 가슴팍에는 열 줄기에 이르는 검상이 새겨져 있다. 어느 하나 치명적이지 않은 것은 없었으나 다행히 단번에 숨을 앗아갈 것들은 아니라 아니라 오적이 빠르게 혈을 눌러 지혈을 했다.

피는 멎었으나 오랜 시간을 두고 치료하지 않는다면 이 상처들은 오적의 숨을 앗아갈 것이다. 오적이 고개를 절레절레 혼들었다.

족히 반년은 정양해야 할 상처를 입었다.

"과연······."

그는 진심으로 소요자에게 감탄했다. 산이 무너지는 것을 방관한 채로 싸웠다면 아마도 승리는 소요자의 것이 되었을 것이다.

하지만 소요자는 자신의 목숨을 버려 화산을 지켰다. 화산에 대한 그의 사랑이 얼마나 강한 것인지 알 수 있는 것이다.

"당신은 진정으로 뛰어난 검사였소."

오적은 적이었지만 강한 소요자를 향해 포권을 취해 보였다. 그리고 잠시 후 가늘게 이어지던 소요자의 숨이 끊어졌다.

"후에 붉은 별이 움직일 때, 당신을 보아 화산을 멸문시키지는 않겠소."

봉문을 시킬 생각이었다. 그것이 오적이 인정한 적수인 소요자에게, 죽은 소요자에게 해줄 수 있는 모든 배려였다.

황룡난신

 매화검선의 죽음은 강호에 큰 파문을 일으켰다. 매화검선, 그가 누구던가. 현 강호의 절대고수를 꼽으라면 단연 빠지지 않고 들어가는 인물이다. 또한 정파의 기둥이자 동시에 화산의 최고 선배였다.
 그런 그가 죽은 것이다.
 그것도 타인에 의해서.
 화산파의 도인들에 의해 발견된 매화검선의 시체에는 팔과 다리가 없었고, 주변은 초토화되어 있었다.
 봉우리의 정상이 반쯤 무너질 정도로 엄청난 대결이 그곳에서 이루어진 것이다.

흉수에 대한 단서를 잡을 수도 없었다. 그가 사용한 무공은 여태껏 그 누구도 사용한 기록이 없는 무공으로서 마치 유성이 떨어진 것과 같은 자국이 남아 있었다.

매화검선 역시 자신의 절초를 펼친 듯 주변에는 화산파의 검술로 만들어진 자국도 남아 있었다. 확실한 것은 매화검선이 패배하였고, 죽었다는 것이다.

화산은 그 즉시 매화검선의 천도제(天道濟) 준비에 들어갔다. 구파일방이 빠르게 움직이기 시작했으며, 세간의 관심은 매화검선을 쓰러뜨린 인물에게로 이어졌다.

향간에 떠도는 소문에 의하면 마교에서 움직였다는 말도 있었다. 마교의 교주를 비롯한 오호법이라면 매화검신과 함께 무(武)를 논할 만하다는 것이다.

또 다른 것은 매화검선이 스스로 새로운 무공을 창안하다가 그렇게 되었다는 것이다. 주변이 파괴된 것은 매화검선이 스스로의 무공을 펼쳐서 그렇게 된 것이고, 그 과정에서 입마를 이기지 못하고 죽었다는 소문이 나돌았다.

하지만 그 소문은 곧 사그라졌다. 주변에서 매화검선의 것이 아닌 다른 인물의 것으로 보이는 옷 조각이 발견된 것이다.

청의(青衣) 조각이었기에 사람들은 그 흉수를 청의사신(青衣死神)이라 불렀다.

청의사신에 관한 소문은 눈덩이 불어나듯 불어났으나 소문만으로는 그의 정체를 전혀 알 방도가 없었다.
그를 알고 있는 이들은 극히 적었으니 말이다.

매화검선이 죽었다는 말을 듣고는 염호명이 웃음을 숨기지 못하고 터뜨렸다.
"역시 계획대로 잘되어가는군."
그런 염호명을 보며 고섭이 묻는다.
"무슨 계획인데 그러시는 겁니까?"
그들이 지금 발을 옮기고 있는 곳은 산길이었다. 흑령문의 고수들과 흑령문의 최정예라 할 수 있는 귀호대(鬼虎隊)를 이끌고 황룡문을 치러 가고 있는 것이다.
현재 모든 무림의 이목이 화산에 집중되어 있으니, 황룡문 같은 작은 문파 하나가 사라지는 것에는 많은 이들이 관심을 보이지 않을 것이다.
그가 씨익 웃었다.
"글쎄, 자네는 몰라도 되는 것이니 신경 쓰지 말게."
그가 계속해서 피식피식 웃음을 흘리며 말했다. 이제 이틀 정도 거리면 상주에 도달할 것이다. 그들의 걸음이 향하는 곳은 황룡문. 염호명의 눈에서 이글이글 불길이 피어올랐다.

'놈……!'

거홍도에 이어 진혼권과 전귀까지 쓰러뜨려 흑령문에 막대한 피해를 입힌 놈. 얼굴을 알지는 못하지만 놈에 대한 생각을 떠올릴 때마다 이가 뿌득뿌득 갈리는 것이 분노를 숨길 수가 없다.

'하지만 지금은 아니다.'

조금만 더 가면 이 분노를 숨기지 않고 표출할 수 있을 것이다. 그가 뼈 소리가 나도록 주먹을 말아 쥐었다.

우득 하는 소리와 함께 그의 주먹이 말아 쥐어지고, 그가 조용히 미소 지었다.

'얼마 남지 않았다.'

*   *   *

무림 대부분의 눈은 섬서의 화산에 집중되었다. 하지만 모든 눈이 집중된 것은 아니다. 그리고 자운과 계약 관계에 있는 하오문의 눈은 화산뿐만이 아니라 천하를 주시하고 있었다.

흑령문의 이동에 대한 정보도 하오문은 이미 가지고 있었다. 하오문이 구해준 총관이 자운에게 다가갔다.

"흑령문이 상주로 이동하고 있다고 합니다."

그 말에 자운의 눈이 이채를 발한다.

"놈들이?"

총관은 하오문에서 자운에게 붙여준 인물로서, 황룡문뿐만 아니라 자운과 관계된 정보를 모조리 하오문에 가져다주는 역할을 할 뿐만이 아니라 또한 황룡문에 관계된 정보를 하오문에서 자운에게 넘겨주는 역할도 하고 있었다.

그렇기에 자운은 흑령문이 상주를 향해 다가온다는 정보를 알 수 있었던 것이다.

자운이 허리춤의 검을 움켜쥐었다.

"그럼 놈들이 지금 어디까지 왔지?"

그 말에 총관이 자운에게 고개를 숙이며 말했다.

"산양(山陽) 땅을 넘었다는 소식이 들려왔으니 이틀 거리 정도 남은 듯합니다."

총관의 말에 자운이 힐끗 운산과 우천을 바라보았다. 운산과 우천은 서로 무공을 단련하기에 여념이 없었고, 자운 덕분에 우천은 수월하게 운산의 검을 받아 넘겼다.

검술의 정교함이라든지 힘은 얼마 전 검기상인에 접어든 운산 쪽이 높았지만, 일전의 일로 인해 검의 기교 자체는 우천이 높아졌기에 누가 이길지 알 수 없는 팽팽한 승부. 하지만 자운은 저 승부의 승자가 누가 될지 알고 있었다.

승자는 운산이 될 것이다. 아직은 운산 쪽의 실력이 조금 더 나왔다.

자운이 둘을 바라보다 말고 고개를 휙 돌려 총관을 보았다.

"이 사실, 저 둘한테는 말하지 마."

그의 말에 총관이 고개를 끄덕였다.

"혹시 놈들의 수나 그런 것에 대한 정확한 정보 알고 있어?"

그의 말에 총관이 품에서 서찰 하나를 꺼내 들었다. 그 서찰을 자운 앞에 내민다.

자운이 서찰을 가볍게 들어 펼쳤다. 아래에 취록의 수결이 되어 있어 누가 보낸 것인지 쉽게 알 수 있었다.

서찰에 적혀 있는 것은 지금 상주로 다가오는 흑령문의 규모. 자운이 서신을 다 읽고는 다시 접어 총관에게 건네주었다.

그러면서 혼잣말로 중얼거렸다.

"흑령문주와 총관, 그리고 흑령문의 일곱 고수… 오십 명으로 이루어진 전투부대라……."

수가 좀 많기는 하지만 방법이 전혀 없는 것도 아닌지라 자운이 천천히 고개를 끄덕였다.

"그럼 흑령문주나 다른 고수들의 실력은 어느 정도나 되지?"

"흑령문의 고수들은 완숙한 검기상인에 올랐습니다. 그리고 흑령문주 염호명은 강기지경의 초입에 접어든 것으로 알고 있습니다."

"강기? 법이네?"

자운이 중얼거렸다. 강기는 만 명의 무인 중 두세 명이 들어설까 말까 한 경지다. 한데 그 강기지경에 접어들었으니 무공은 뛰어나다고 봐야 할 것이다.

자운이 총관에게서 등을 획 돌렸다.

"한 삼 일 정도 나갔다 올 거야. 그동안 황룡문 좀 잘 부탁해."

자운이 손을 살랑살랑 흔들었다.

"무슨 일 있으면 전서구 보내도록 하고. 그리고 놈들의 이동 경로에 대해서도 계속해서 정보 보내주면 좋겠네."

그 모습이 마치 유람이라도 나가는 양 가볍기 그지없다.

자운은 하오문에서 보내준 정보를 토대로 염호명들이 있는 산에 숨어들었다. 산세가 험준하지는 않지만 다행히도 나무가 울창하여 몸을 숨기기에는 최적의 상황. 자운은 몸을 숨긴 채로 흑령문을 찾기 위해 이리저리 움직였다.

수풀을 최대한 소리가 나지 않도록 치웠으며, 티가 나지 않도록 높이 솟은 나뭇가지를 밟고 돌아다닌다.

그리고 놈들이 숨어 이동할 만한 곳을 이리저리 찾아다

뭐라는 거야, 이 미친 놈이. 말을 할 거면 똑바로 해

녔다.

"여기도 아니네. 젠장. 이러면서 무슨 하오문이야."

하오문에서도 자운에게 정확한 정보가 아니라 어디쯤이라는 단편적인 정보를 줄 수밖에 없는 것이, 하오문에는 흑령문을 근거리에서 미행할 만한 고수가 없었다.

그러니 단편적인 정보로밖에 제공되지 않는 것이다. 그것을 알면서도 자운이 괜히 투덜거렸다.

"빌어먹을."

얼마나 더 산을 뒤졌을까?

오래지 않아 놈들의 모습이 보인다. 자운이 숨을 죽이고 흑령문 놈들의 이동을 뒤쫓았다. 아직은 낮. 지금 손을 쓰게 된다면 금방 위치가 발각되어 버릴 것이다.

그러니 밤이 되기를 기다려야 한다.

자운이 고개를 들어 해를 바라보았다. 씨익 미소를 지었다.

'기다려. 사신을 보여주지.'

곧 해가 질 것이다.

산속의 어둠은 생각보다 일찍 내려온다. 나무들이 울창하게 엮여 빛을 차단하기 때문이다. 그 어둠 속에 자운이 스르륵 녹아내렸다.

자운의 동공으로 모닥불이 지펴져 있는 모습이 보이고, 그 주변에서 불침번을 서고 있는 무사가 눈에 들어왔다.

자운이 바닥에서 돌멩이를 움켜쥐었다.

"일단은 저 둘."

자운의 손끝에서 강력한 내공이 휘몰아치고, 내공을 휘감은 돌멩이가 시위에서 쏘아진 화살처럼 날아갔다.

피잉―

어둠 속에서 소리가 선명하게 울리고, 동시에 두 무사가 가슴을 부여잡고 쓰러졌다.

그들이 흘리는 신음 소리가 여기까지 들린다. 즉사는 아니지만 곧 죽을 것이다.

자운이 씨익 미소를 지으며 어둠 속으로 다시 녹아들었다.

* * *

"커억! 커어어억!"

두 무사가 가슴을 부여잡고 쓰러지자 흑령문의 무사들이 황급하게 일어났다.

그중에는 염호명도 있었다.

고섭이 무사들에게로 다가가 상처를 살폈고, 곧 주변에서 피에 묻은 돌멩이를 발견해 내었다.

뭐라는 거야, 이 미친 놈이. 말을 할 거면 똑바로 해

"암습입니다."

그의 말에 염호명의 눈가가 꿈틀 움직였다.

"그게 지금 말이 되는 소리라고 생각하나?"

고섬이 한동안 말이 없이 침묵을 지키다가 입을 열었다.

"말이 안 되지만 눈앞에 증거가 있지 않습니까."

그 말에 염호명이 침음성을 삼켰다. 피가 묻어 번들거리는 돌멩이는 누가 보아도 방금 전 불침번을 서던 무사들의 가슴을 뚫고 나온 것이 분명했다.

아마도 놈은 어둠 속에 숨어서 다음 목표를 노리고 있을 것이다.

염호명이 낮게 이를 갈며 자신의 수하들을 불렀다. 흑령문의 일곱 고수와 총관이 염호명의 앞으로 모여들었다.

"지금부터 부하들 이끌고 이 주변을 샅샅이 뒤지도록. 분명 우리를 공격한 놈이 주변에 숨어 있을 거다."

그가 말을 하며 으득 이를 갈았다. 그리고 곧 그의 명령대로 흑령문의 고수들이 각기 몇 명의 수하들을 이끌고 주변으로 흩어지기 시작했다.

그 모습을 바라보던 자운이 씨익 미소를 지었다.

그의 입꼬리가 기이하게 뒤틀려 올라간다. 섬뜩하기 그지없는 미소.

운산과 우천이 자운이 저런 표정을 하는 것을 보았다면 까

무러칠 것이다. 지금껏 한 번도 보여주지 않은 미소를 짓고 있었기에.

자운이 숨었던 자리에서 천천히 몸을 일으켰다.

'역시 멍청하게도 생각대로 움직여 주는구나.'

개령검(慨領劍)은 흑령문에서도 손가락에 꼽는 고수다. 그가 투덜거리며 자신의 앞을 가로막는 수풀을 베어내었다.

"젠장. 고작 그런 삼류 문파 하나 때문에 이게 무슨 일인 건지……."

그의 뒤에는 수하들이 따라오고 있었고, 수하들의 얼굴에는 잠이 가득했다. 대부분 잠을 자다가 일어난 지 얼마 되지 않았기 때문이다.

개령검은 사실 처음부터 이 일을 반대했다.

고작 삼류 문파 하나 때문에 자신들이 직접 움직인다는 말인가?

거홍도와 전귀, 진혼권이 죽기는 했지만 그들도 자신의 상대는 아니라고 생각했다. 그저 다른 고수 두셋 정도만 나서도 황룡문은 충분히 제압할 수 있을 거라 여겼다.

그런데 이게 뭔가?

그의 뒤에서 수하가 개령검의 말에 답했다.

"그러게 말입니다. 문주님이 그따위 삼류 문파에 너무 과

뭐라는 거야, 이 미친 놈이. 말을 할 거면 똑바로 해

한 신경을 쓰는 듯합니다."

개령검이 동의했다. 무엇 때문인지는 알 수 없었지만, 그들의 문주는 황룡문에 너무 신경을 쓰고 있었다.

"그러게 말이다. 그보다 여긴 아무것도 없는 것 같은……."

그가 고개를 돌리며 멈칫했다. 분명 아무것도 없다고 생각하고 돌아가기 위해 몸을 돌렸는데, 수하 뒤에 초면의 사내가 서 있었던 것이다.

사내의 얼굴에서 밤의 어둠이 일렁였다.

더 생각할 여유는 없다.

개령검이 허리춤에서 검을 뽑았다.

"넌 누구냐!"

그가 외치자 그의 수하들 역시 빠르게 뒤를 돌아보며 자운을 바라보았다.

"누굴 거 같냐?"

하지만 그사이 수하 하나의 목이 단번에 날아간다. 자운의 검이 단번에 수하의 목을 베어버린 것이다. 자운이 또다시 다른 수하를 노렸다.

개령검이 빠르게 검을 뻗어 자운의 검을 막았다.

까앙―

검이 충돌하고, 순간적으로 개령검의 팔을 타고 시큰거리는 감각이 전해졌다.

"큭!"

개령검이 뒤로 물러서고, 수하들도 저마다 검을 뽑으며 자운을 포위했다.

"놈, 불침번 서던 녀석들을 죽인 놈이구나."

자운이 이죽거리며 고개를 끄덕였다.

"잘 알고 있네. 그럼 그것도 알아?"

"……?"

자운이 검을 휘둘렀다.

"지금 이 자리에서 너희들도 죽을 거라는 거."

단번에 검풍이 뿜어진다. 검풍은 개령검을 향해 쏟아지고, 개령검이 펄쩍 뛰어 피했다.

그가 허공으로 날아오른 사이, 자운이 개령검의 수하들을 향해 연달아 권풍을 뿌렸다.

획획획—

한 권풍에 한 명씩, 벌써 세 명의 수하가 날아가 나무에 처박힌다.

"커헉!"

한 방에 즉사를 하지는 않았지만 한 놈은 나뭇가지에 심장이 꿰뚫려 죽었다. 자운의 움직임은 거기서 그치지 않는다. 단번에 무너진 포위망을 넘어 나무에 처박힌 수하들을 향해

뭐라는 거야, 이 미친 놈이. 말을 할 거면 똑바로 해 257

쇄도했다.

나무에 처박힌 충격으로 잠시간 몸을 움직이지 못하는 그들의 목을 베어버릴 심산이다. 개령검이 노호성을 토하며 검기를 뿜었다.

"이노옴!"

쉬이익—

기다란 검기가 채찍처럼 이어지며 자운을 향해 날아든다. 자운의 검에서도 검기가 일었다.

검기와 검기의 충돌. 한순간 불꽃이 튀고, 그 와중에도 자운은 손을 뻗어 그대로 무사의 목을 꺾어버린다.

셋.

일곱이나 되던 수하 중 셋이 순식간에 목숨을 잃었다. 이대로 간다면 수하들이 모두 죽게 되리라.

개령검이 소리쳐 수하들을 자신의 뒤로 불렀다.

"내 뒤로 와라! 내 뒤로 와!"

"수하들의 아끼는 마음씨가 참 갸륵하네."

자운이 개령검의 뒤로 이동하는 그의 수하들에게로 이동했다.

검이 휘익 허공을 가르고, 단번에 두 토막이 난 무사의 몸이 그 자리에서 무너져 내렸다.

넷.

네 명의 수하가 죽었고, 다행히도 살아남은 셋은 개령검의 뒤로 무사히 대피할 수 있었다.

"크윽."

개령검이 신음을 흘렸다.

"놈. 도대체 본 문에 무슨 원한이 있다고 이런 일을 하는 것이냐!"

그의 말에 자운이 웃었다.

"지금 너희가 어디로 가는 건지 잊은 거야?"

흑령문이 향하고 있는 곳, 바로 황룡문이었다. 황룡문에 전귀와 진혼권의 합공을 받아낼 정도의 고수가 있다는 말을 들은 적이 있다.

그가 크게 소리쳤다.

"이놈! 네가 바로 진혼권과 전귀를 죽인 놈이구나!"

"어! 정답!"

크게 소리친 그가 피식피식 웃었다. 숲이 다 울리도록 크게 소리쳤으니 이 소리를 들은 동료들이 그를 돕기 위해 올 것이다.

자운이 개령검이 웃는 모습을 보고 물었다.

"뭘 그렇게 웃어? 웃지 마. 정들잖아."

"흐흐. 네 실력이 생각보다 제법이라는 것은 인정하겠다. 하지만 동료들과 나의 협공을 받아낼 수 있을까?"

뭐라는 거야, 이 미친 놈이. 말을 할 거면 똑바로 해

"글쎄, 네가 웃는 이유가 그거였어?"

자운이 땅을 굴렀다.

단번에 땅을 박차고 날아오는 자운의 신형. 그가 자운을 막기 위해 검을 뺀는다. 하지만 자운은 너무도 쉽게 개령검의 검을 타고 넘었다.

그리고 자운이 주먹을 쭈욱 뻗었다.

"웃지 말라고. 웃는 얼굴에 침은 못 뱉지만 주먹은 날릴 수 있거든."

"커헉!"

자운의 주먹질에 단번에 개령검의 광대가 내려앉았다.

"설마 웃는 이유가 동료들에게 네 소리가 전해졌으리라 생각하고 그런 건 아니겠지?"

자운이 검을 휙휙 휘두르며 다가왔다. 차가운 미소가 그의 얼굴에 흐르고, 그것보다 더 차가운 살기가 자운의 검에 좌르륵 흘렀다.

마치 사신과 같다.

자운이 씨익 웃는다.

"웃지 마, 새끼야. 네 소리가 밖으로 새어 나갈 일은 없으니까."

자운의 말에 개령검의 눈이 휘둥그레 변했다. 소리가 새어 나가지 않다니, 그것은 또 무슨 말이란 말인가?

그가 빠르게 주변을 살폈다. 그러고 보니 주변이 너무 조용하다.

뒤를 돌아보니 멀지 않은 곳에서 그의 수하들이 겁을 먹고 오들오들 떨고 있다. 그들이 무어라 개령검을 향해 소리치는 것이 보이기는 한데 들리지는 않는다.

'들리지는 않아?'

개령검이 놀란 눈으로 자운을 바라보았다.

"설마!"

검이 눈부신 섬광이 되었다.

섬광은 순식간에 개령검의 목을 꿰뚫어 버리고, 피가 검을 타고 흘러내렸다.

즉사하지 않은 개령검이 입을 뻐끔거려 무언가를 말하려 했다.

자운이 그 말을 대신 해주었다.

"어, 그래. 그 설마야."

푸슛—

검이 개령검의 목에서 뽑혀져 나오고, 피가 허공으로 분수처럼 솟구쳤다.

"기막으로 소리를 차단했어."

*　　*　　*

고섬과 함께 수하들을 이끌고 주변을 수색하던 염호명은 무언가가 이상하다는 사실을 느꼈다.

고섬 역시 마찬가지다. 그가 미심쩍은 눈초리로 주변을 살피며 염호명을 향해 물었다.

"문주님, 너무 이상하지 않습니까?"

그 말에는 염호명 역시 전적으로 동의하는 바였다.

"확실히 너무 조용하군."

그가 유엽도를 들고는 주변을 경계했다. 염호명이 경계하는 모습을 보이자 염호명을 따라 움직이는 무사들 역시 긴장감을 놓지 않고 주변을 살폈다.

마치 당겨진 시위와 같은 팽팽한 긴장감이 주변에 깔리고, 근육이 수축과 이완을 반복했다.

분명히 아무것도 없는 어둠 속이 분명한데, 호랑이 아가리 속에 머리를 들이밀고 있는 듯한 긴장감이 든다.

온몸이 땀으로 축축하게 젖어가고, 그 와중에도 그들은 계속해서 주변을 수색했다. 적을 찾지 않고 그대로 놓아두면 암습으로 더 많은 무사들이 당할 가능성이 있었기 때문이다.

고섬이 침을 꿀꺽 삼켰다. 그리고는 자신의 무기인 단창을 들고 주변을 살핀다.

그의 앞에는 가장 선두에서 무사들을 지휘하는 염호명이 있었다.

염호명이 신중한 눈으로 주변을 살피고는 걸음을 옮겼다.

"어디에 있는 거지?"

염호명이 아무리 찾아도 보이지 않는 적을 향해 중얼거렸다. 답이 들려올 리가 만무한 물음. 하지만 귀신이 곡할 노릇이게도 답이 들려왔다.

"어디 있긴, 여기 있지."

그 말에 염호명과 고섭이 헛바람을 들이쉬었다.

"흐읍!"

도대체 이 소리는 어디에서 들려왔다는 말인가?

염호명이 긴장감을 놓치지 않기 위해 애를 쓰며 주변을 살폈다.

처음에는 헛소리를 들은 것이라 생각했는데, 다시 생각해 보니 그 소리가 너무도 생생하게 들려 두렵다.

염호명은 느끼고 있었다, 놈이 근처에 있다는 것을. 그것은 본능이었으며 동시에 무인으로서의 타고난 감각이었다.

"놈, 거기 있는 것이냐?"

한동안 주위를 살피던 그가 정면을 응시했다. 고섭과 다른 무사들 역시 같은 방향을 보았다.

그리고는 침을 꿀꺽 삼켰다.

뭐라는 거야, 이 미친 놈이. 말을 할 거면 똑바로 해

염호명의 시선이 향하는 곳은 나무가 울창하게 우거져 있는 곳이었다. 한 점 달빛마저도 허용되지 않아 그야말로 어둠으로 가득 찬 허공. 그곳을 염호명이 바라보고 있었다.

그리고 염호명의 물음에 대한 답이 들려왔다.

"이야, 꼴에 문주라고 찾아내는구나. 정답이야."

어둠이 일렁이고, 희미하게나마 들어온 달빛에 자운의 황포가 빛이 났다.

자운이 어둠 속에서 천천히 걸어나왔다.

"놈, 넌 누구냐?"

염호명이 유엽도를 자운을 향해 겨누며 말했다. 더 이상 다가오지 말라는 위협이다. 하지만 자운은 태연하게도 그를 향해서 점점 다가온다.

"글쎄. 내가 누구일 거 같아?"

그가 고개를 갸우뚱하며 어깨를 으쓱해 보인다. 장난스러운 도발. 자운의 표정은 싸늘하게 식어 있었으며 미소는 이죽거리고 있다.

"다시 묻는다. 넌 누구냐?"

도를 쥐고 있는 염호명의 손이 축축하게 젖었다. 새어 나온 땀이 손잡이를 감고 있는 천을 적시고 그의 손마저 적신 것이다.

"그 질문, 방금 전에도 일곱 번이나 받고 오는 길이야."

그 말에 염호명의 표정이 차갑게 변했다. 일곱, 그것은 자신이 이끌고 온 고수들의 수와 같았으며, 동시에 놈을 찾기 위해 나눈 수색조의 수와 같았던 것이다.

수하들이 죽었다는 소식을 듣고 염호명의 눈에 노기가 어렸다.

호랑이가 으르렁거리는 듯한 목소리로 그가 노기를 숨기지 않고 물었다.

"놈, 그들을 어찌한 것이냐?"

자운이 또 어깨를 으쓱해 보였다.

"글쎄, 내가 어떻게 했을 것 같아?"

자운의 모습이 마침내 완전히 달빛 속에 드러나고, 그의 검에 새겨진 황룡의 문양이 달빛을 받아 번쩍였다.

황룡문을 상징하는 검. 어떻게 염호명이 그것을 알아보지 못할 수가 있을까?

그의 총관 고섬도 놀라 소리쳤다.

"저, 저놈! 황룡문 놈입니다!"

"알고 있다."

말하지 않아도 염호명도 알고 있었다. 하지만 그보다 더 신경 쓰이는 것은 자운의 검에서 아직도 흘러내리고 있는 피였다.

그가 유엽도를 꽈악 움켜쥐었다

뭐라는 거야, 이 미친 놈이. 말을 할 거면 똑바로 해

"놈, 그들을 모두 죽였구나."

"그럼 내가 살려줄 줄 알았냐? 우리 문파 치러 오는 걸 그대로 살려줘? 공자도 그런 짓은 안 하겠다."

자운이 그 자리에 멈추어 섰다.

염호명과 자운 사이의 거리는 다섯 걸음도 안 되는 거리. 서로가 무기를 휘두르면 닿을 거리였다.

염호명이 눈짓으로 고섬과 수하들에게 명령을 내렸다. 그의 명령을 받은 고섬과 수하들이 둥글게 자운을 포위하기 시작한다.

그 모습을 보고 자운이 크게 한숨을 쉬었다.

"하아! 어떻게 이렇게 다른 점이 없냐?"

일전에 만난 흑령문의 고수들도 모두 이러했다. 자운을 만나는 즉시 수하들과 함께 둥글게 포위를 한 것이다. 자운이 씨익 웃었다.

"이렇게 해봐야 소용없지."

자운의 몸이 휙 흔들린다.

방금 전까지 자운이 서 있던 자리에는 그저 달빛만이 떨어지고, 자운이 다시 나타난 것은 한 무사의 뒤였다.

자운이 무사의 등을 통해 심장에 검을 박아 넣었다.

푸욱 하는 섬뜩한 소리와 함께 무사의 가슴팍을 뚫고 나온 검이 달빛에 반사되었다.

피가 뚝뚝 떨어져 내리는 것이 눈에 보인다. 그것을 참지 못한 염호명이 노호성을 터뜨렸다.

"노오오옴!!"

그리고 고섬이 단창을 휘두르며 날아든다. 고섬은 대외적으로 흑령문의 총관. 비록 총관이라고는 하나 그 순수한 실력만으로도 흑령문에서 이인자다.

고섬의 창이 화려하게 분영을 일으키며 자운을 압박했다.

창영을 막기 위해 자운의 검 역시 분영을 일으켰다. 검영과 창영이 허공에서 연달아 일어나며 충돌했다.

자운이 자신의 검에 충돌하는 창영을 보며 말했다.

"너 혹시 용의 비늘이라고 알아?"

달리 용린(龍鱗)이라고도 하며 전설상의 기보다. 강기로 만든 공격을 튕겨낼 수 있으며 그 강도는 상상을 초월하지만, 얇고 작아 옷으로도 만들 수 있는 천고의 기물이 바로 용린이었다.

그의 표정을 읽어낸 자운이 씨익 웃었다.

"아는가 봐? 그럼 내가 보여줄까, 용린?"

말이 끝나는 순간, 자운의 검영이 벽을 만들기 시작했다. 검영은 천천히 움직여 비늘이 되고, 수십 개가 쌓여 용의 피부를 만들었다.

피부를 촘촘하게 덮어 나가는 것은 분명 용의 비늘. 자운의

뭐라는 거야, 이 미친 놈이. 말을 할 거면 똑바로 해

기운이 의지를 받아 형상화되는 것이다.

　용의 비늘과 충돌한 창영이 모두 반대로 꺾이며 고섬을 향했다.

　공격이 그대로 반사되어 돌아간 것이다. 고섬이 비명을 지르며 뒤로 펄쩍 물러섰다.

　"으아악!"

　하지만 모든 창영을 피해내지는 못하고, 몇 개의 창영이 그대로 고섬의 팔을 스치고 지나갔다.

　자신의 공격에 자신이 당한 꼴이다. 고섬이 그 꼴이 수치스러워 자운을 노려보았다.

　고섬이 노려보거나 말거나 자운은 웃어 보인다.

　"용린벽(龍鱗蘗)이라는 건데, 어땠어?"

　자운은 아직까지 여유로웠다. 그의 몸에서는 여유가 흐르고, 자운이 히죽히죽 웃으며 고섬의 앞으로 다가갔다.

　그런 자운을 막는 도가 하나 있었으니 염호명의 유엽도였다.

　염호명이 자운을 향해서 으르렁거린다.

　"이러고도 네가 살 수 있을 것이라 생각하나?"

　그의 말에 자운이 지지 않겠다는 듯 으르렁거리며 웃었다.

　"원래 살려줄 생각도 없었으면서 진부한 말 하지 말지 그래?"

이죽이는 자운의 표정. 염호명은 저 얼굴을 주먹으로 박살 내고 싶다고 생각했다.

"잘 아는군. 그렇다면 지금 이 자리에서 죽여주지."

자운이 씨익 웃었다.

"네가 그럴 능력이 있다면 얼마든지 그래도 돼."

자운의 몸이 직선으로 뻗어온다. 염호명의 도가 허공을 가르고, 자운이 허공에서 검을 연달아 뿌렸다.

검과 검이 충돌하고, 자운의 검에서 솟구친 검기가 염호명의 도에 맞아 방향이 틀렸다.

자운이 호들갑스럽게 소리쳤다.

"어이쿠!"

방향이 틀린 검기가 하필이면 염호명의 수하의 목을 베고 지나갔다. 자운이 노린 바였다.

염호명이 그런 자운을 향해서 크게 소리쳤다.

"이노오옴!"

"왜 그래? 네가 방향을 잘못 틀어서 네 부하가 죽은 거잖아. 그걸 나보고 이놈 저놈 하면 안 되지."

자운은 그렇게 말하며 염호명에게서 멀어졌다.

그리고 염호명의 부하들을 죽이고 다니기 시작했다. 그를 막기 위해 염호명과 함께 고섬이 나섰으나 재빠르게 도망 다니는 자운을 잡을 수 있는 것도 아니었다.

얼마 지나지 않아 그의 모든 수하가 그 자리에서 죽음을 맞이하고, 주변에 진득한 피 냄새가 흐른다.

"이제 너희 둘만 남았네?"

자운의 검과 고섬의 창이 연달아 충돌했다. 그의 검에 음각된 황룡이 연달아 꿈틀거리고, 검이 거대한 용의 아가리를 만들었다.

콰우우우우—

검이 허공을 베는 소리가 끔찍하게도 크게 울렸다. 그 소리는 마치 거대한 짐승이 포효하는 소리 같았다.

그 소리 사이로 검이 날아든다.

고섬이 창을 뻗었다.

그의 창에서 창기(槍氣)가 솟구치고, 허공에 붉은 창기의 궤적이 그려진다.

자운의 내공이 팔을 타고 이동해 검을 뻗어갔다.

츠츠츠츠츠츠츳—

무지막지한 내력이 팔로 이동하며 선명한 불꽃이 타오른다.

검기, 금색의 영롱한 검기가 붉은 창기와 연신 충격을 일으켰다.

합이 벌어지는 와중에 자운의 발이 움직였다.

바닥을 박차고 튀어올라 무릎으로 고섬의 명치를 차기 위해 몸을 날린 것이다. 그 행동에 당황한 고섬이 헛바람을 들이마셨다.

"헙!"

그대로라면 명치에 자운의 무릎이 틀어박힐 상황. 그 상황을 타개해 준 것은 붉은 검기를 줄기줄기 뿌리고 있는 염호명의 유엽도였다.

유엽도가 자운의 허리를 일도양단할 기세로 들어왔다.

자운이 뒤에 눈도 없으면서 기운을 읽어내었다. 그의 허리가 유연하게 접히고, 철판교의 수법으로 유엽도의 공격을 피해낸다.

자운의 코앞으로 붉은 검기가 줄기줄기 지나갔으나 그는 눈 하나 깜짝하지도 않았다.

그리고는 튕기듯 용수철처럼 일어나며 벼락같이 주먹을 꽂아 넣었다.

주먹이 파고들어 간 곳은 고섬의 복부였다. 단박에 고섬이 날아가 처박히고, 그가 검은 피를 토해내었다.

"케엑케엑! 쿨럭쿨럭!"

찢어진 내장 조각이 피를 타고 흘러나왔다. 자운이 자신의 주먹을 가볍게 털며 발을 굴렀다.

"어때? 내가중수법으로 후려쳤는데 좀 화끈하지?"

자운의 내공이 고섬의 몸속을 파고들어 그대로 내장을 박살 내어버린 것이다. 고섬이 입가에 흐르는 피를 닦으며 자운을 노려보았다.

"으으."

무언가 말을 하려 했지만 속에서부터 올라오는 극심한 고통은 그가 말을 하는 것을 막았다.

고섬이 비틀거리며 창을 삿대 삼아 짚고 일어났다.

"고섬! 괜찮나?"

염호명이 그런 고섬의 앞에 내려서 자운을 씹어 죽일 기세로 노려본다.

하지만 자운은 고개를 으쓱해 보일 뿐이었다. 눈으로 사람을 죽일 수만 있다면 자운은 이미 천참만륙이 되었겠지만 아쉽게도 그럴 일은 없었다.

"왜 그래? 어차피 우리는 적이고, 너도 나 죽일 거였잖아?"

그 말에는 틀린 것이 없었다.

자운의 말을 들은 염호명이 웃었다. 그의 얼굴이 악귀와 같이 흉측하게 일그러지고, 얼굴 가득 악의에 찬 미소가 피어오른다.

"그래, 우리는 어차피 적이었지."

염호명의 몸에서 꾸르릉 하고 벼락 치는 소리가 들렸다.

엄청난 양의 내력이 몸속에서 준동하는 소리. 내력은 온몸을 순회하여 팔을 타고 도로 뻗어 나간다.

콰과과과—

노도와 같이 휘몰아치는 내공이 그의 팔을 타고 흘러 검에 내려섰다.

그리고 거대한 불꽃이 도 위로 타올랐다.

이윽고 불꽃은 정제가 되어 도의 모양으로 완성되었다. 도 위로 한 자가량 솟아난 내공의 불길, 그것은 분명 도강(刀罡)이었다.

"네놈! 썰어 죽이겠다!"

도강을 완성한 그가 자운을 향해서 튀어 올랐다.

자운이 몸을 슬쩍 뺀다. 그리고는 검기를 사각으로 뻗었다.

검기와 도강이 만나고, 한순간 검기의 불꽃이 사그라졌다.

휘리릭—

그리고 도강이 담긴 유엽도가 단번에 자운의 검을 끊어버릴 것처럼 몰아쳤다.

"나도 널 썰어 죽일거야."

자운이 내공을 움직였다.

검기가 다시 솟구치며, 강기가 자운의 검기를 타고 흘러내린다.

검기로서 도강을 빗겨낸 것!

힘을 기교로 맞받아낸 멋진 한 수였다.

뭐라는 거야, 이 미친 놈이. 말을 할 거면 똑바로 해

도강을 흘려 버린 자운이 손을 뻗었다. 손에서 내력이 솟구치고, 다섯 줄기의 빛무리가 쏘아졌다.

흑우파를 부술 때 사용했던 바로 그 장력. 장력이 쏘아져 유엽도를 때렸다.

따다다당—

유엽도가 한순간 휘청하였으나 도강이 다시 타오르며 자운을 쪼갤 듯이 베어온다.

자운이 뒤로 물러났다.

바로 앞의 공간이 잘려 나가며 자운의 앞섶이 헤쳐졌다.

다행히도 가슴을 가로지르는 검상은 입지 않았다.

자운이 빠르게 신형을 회복하며 쏘아졌다. 그의 검에서 검기가 솟구치고, 일곱 다발에 달하는 검기가 둥글게 쏘아졌다.

"이까짓 거!"

염호명이 소리치며 도강을 휘둘렀다.

자운의 검기 다발을 그는 도강으로 너무 쉽게 막아버렸고, 곧 이은 공격이 자운을 향해 날아들었다.

자운이 피식거리며 웃었다.

"아, 젠장. 나 혼자 검기로 하려니까 좀 힘드네."

그리고 그 순간, 자운의 검에서도 역시 한 자 길이의 강기가 솟구쳤다.

선명한 내력의 불길. 그것은 검강(劍罡)이었다.

염호명이 도강을 뽑아낸 것과 마찬가지로 자운 역시 검강을 뽑아내었다. 붉은 도강과 금빛 검강, 둘 모두가 강기를 쥐고 있으니 이제 국면은 알 수 없게 치달았다.

그런 염호명의 옆으로 내상을 조금이나마 수습한 고섬이 창을 말아 쥐고 섰다.

다시 이 대 일. 분명 수에서는 자운이 불리했다.

하지만 자운에게는 시종일관 여유가 있었다.

"넌 도대체 어디서 튀어나온 놈이냐!"

그 여유를 보고는 참지 못한 고섬이 소리쳤다. 아무리 생각해도 저만한 고수가 황룡문에 있을 리가 없다. 하늘에서 뚝 떨어졌을 리도 없는데 도대체 어디서 왔는지 알 수가 없으니 머리가 지끈거렸다.

"크윽."

말을 하면서도 상처 입은 속이 울렁이는지 그가 가슴팍을 붙잡았다.

자운이 그런 고섬을 향해 이죽거렸다.

"말해줘도 못 믿을 텐데?"

그의 검에서 검강이 화악 뻗어 나온다.

그 검강을 막기 위해 염호명이 도강을 마주 뻗었다. 허공중에서 연달아 검강과 도강이 충돌하고, 폭음이 사방으로 뻗었다.

뭐라는 거야, 이 미친 놈이. 말을 할 거면 똑바로 해

꽝—

꽝꽝—

꽝꽝꽝—

조금이었으나 분명 자운의 검강이 염호명의 도강을 압도하고 있었다. 염호명이 이를 질끈 깨물었다. 그리고는 대번에 자운을 향해 접근한다.

좌상(左上)에서 우하(右下)로 그어내리는 베기!

자운이 반대로 강기를 올려치며 그 공격을 받아내었다.

둘의 몸이 누가 뭐라고 할 것 없이 흔들리며 뒤로 물러났다.

"말해줄까?"

자운이 씨익 웃었다. 염호명은 얼얼한 손을 내려다보다가 그의 말에 고개를 들어 바라보았다.

뭘 말해준다는 말인가?

곰곰이 생각해 보자 방금 전에 고섬이 자운에게 던진 질문이 떠올랐다.

"이백 년 전."

영문을 알 수 없는 말을 던져놓고 자운이 냅다 날아들었다.

그의 검에서 검강이 분영을 일으키기 시작한다. 여덟 겹에 달하는 검강이 하늘에서 비처럼 떨어져 내렸다.

염호명이 도강을 뻗었다.

고섬은 아직 강기에 미치지 못한다. 그러니 이 모든 강기를 염호명이 막아내어야 하는 것이다.

콰앙—

도강과 검강이 충돌하고, 염호명이 모든 강기를 빗겨내었다고 생각하는 순간 허공에서 다른 검강이 떨어져 내렸다.

'크윽!'

아홉 번째 검강이 그대로 낙하하며 고섬의 몸을 꿰뚫는다.

"커헉!"

고섬의 몸에 깊게 검상이 생겨나며 그가 눈을 까뒤집었다. 뒤로 천천히 넘어지는 고섬. 강기에 몸이 관통되어 그 자리에서 절명한 것이다.

염호명이 아직까지 피가 솟아나고 있는 고섬의 시체를 내려다보았다.

자운이 그런 염호명을 보며 싸늘하게 말했다.

"이제 너 혼자네."

염호명은 아직까지 이 사실을 믿을 수가 없다. 그가 이끌고 온 이들은 흑우파의 최정예였다. 한데 이렇게 쉽게 끝이 나다니······.

머릿속으로 왜 이렇게 쉽게 끝이 났는가 생각을 해보았다. 가장 먼저 이어진 암습, 그 암습으로 인해서 자신들은 분산되어 흉수를 찾으려 했다.

분산이 된다고는 했지만 각자의 실력에 자신이 있었기 때문이다. 하지만 그것은 오산이었다.

　염호명이 자운을 향해 크게 소리쳤다.

　그의 눈에서는 피눈물이라도 흘러내릴 듯하다.

　"이놈! 처음부터 우리 전력을 분산시키는 것이 목표였구나!"

　자운이 선선히 고개를 끄덕였다.

　"어."

　지금에 와서 알아봐야 늦었다. 애초에 처음 암습부터가 그들을 분산시키기 위한 수작. 염호명과 흑령문은 자운의 손바닥 위에서 놀아난 것이었다.

　"흑령문을 혼자 상대할 수는 없었나? 하긴, 네 실력이 그러기에는 부족했겠지."

　염호명이 자운의 심지를 흔들기 위해 도발을 던졌으나 자운이 흔들릴 리가 없다.

　자운이 피식피식 웃으며 고개를 흔들었다.

　"아니. 이런 말 못 들어봤어?"

　"……?"

　"무림에서 실력의 삼 할은 숨긴다는 말."

　자운이 이죽거렸다. 그 말을 듣는 순간 염호명은 알았다. 애초에 분산되게 한 것은 흑령문의 정에 전체를 상대할 자신이 없었기 때문이 아니라는 것을. 놈은 자신의 정체가 흘러나갈 것까지 대비하고 있었던 것이다.

흑령문이 몰살되었다는 소식이 들리면 여러 시선이 흑령문으로 향할 것이다.

그리고 만에 하나 자신의 정체가 세상으로 흘러나가게 된다면 자운은 홀로 흑령문의 정예 오십 명과 고수 모두를 상대할 수 있는 실력자라고 알려지게 되는 것이다.

반면에 흑령문의 정예들이 분산된 상태에서 죽었다면?

아마도 무림은 이렇게 생각할 것이다.

흉수는 흑령문도 전원을 한 자리에서 제압할 실력이 없어 일부러 분산시켰다고, 분명 대단한 고수이기는 했지만 그래도 흑령문도 전원을 한 자리에서 이길 힘은 없었던 것이라고.

그 치밀한 심계에 염호명이 치를 떨었다.

"하지만 너는 죽는다! 오늘 이 자리에서! 너는 분명히 죽는다!"

자운은 어깨를 으쓱해 보였다.

"그럴 능력이 있으면 얼마든지 해보든가."

자운의 몸이 쏘아지고, 염호명의 몸이 동시에 쏘아졌다.

허공에서 불똥이 튀며 검강과 도강이 연달아 충돌했다.

염호명의 손목을 타고 얼얼한 감각이 들어왔으나 염호명

은 이를 꽉 깨물었다. 자운만은 죽여 버리겠다는 의지로 검을 잡은 것이다.

그에 비해서 자운은 여유롭기 그지없다.

자운이 용린벽을 펼쳤다. 강기로 만들어진 벽과 도강이 연신 충격하고, 도강이 그대로 돌아 염호명을 때렸다.

도강이 염호명의 몸을 베고 지나간다.

하지만 염호명은 자신의 몸이 무너지는 것을 신경 쓰지 않았다.

자운이 염호명을 바라보며 웃었다.

"너, 조금 있으면 죽어."

용린벽이 풀리며 자운이 그대로 발을 차낸다.

자운의 발이 염호명의 복부에 틀어박히고, 그가 피를 토하며 뒤로 밀려났다.

고섬이 당한 것과 같은 내가중수법이다. 다행히 내력으로 몸을 보했기에 내장이 조각나는 일은 없었으나 그 역시 고섬과 마찬가지로 검은 피를 토해내었다.

쿨럭쿨럭.

자운이 그런 그를 향해 이죽거렸다.

"어때? 죽을 맛이지?"

자운이 천천히 다가간다. 염호명이 피를 토하는 와중에도 자운을 막기 위해 도를 휘둘렀다.

자운이 검강으로 유엽도를 내려쳤다.

카앙—

강기가 실리지 않은 유엽도가 단번에 잘려 나가고, 자운이 천천히 염호명을 향해 접근했다.

"이 입이 황룡문을 밀어버리겠다고 말한 입이지?"

퍼억—

자운의 주먹이 그대로 염호명의 입에 들어박혔다.

"이 팔이 황룡문도를 베어버리겠다는 그 팔이지?"

자운이 염호명의 팔을 잡고 그대로 반대로 꺾어버렸다.

이번엔 발을 들었다.

"네놈에게는 두 팔도, 두 다리도 필요없다."

콰직!

자운이 발을 들어 그대로 염호명의 두 다리를 분질러 버렸다.

염호명이 엄청난 고통에 비명을 질렀다.

"으어어어어!"

두 팔이 틀어지고, 두 다리가 박살 나는 고통이 척추를 타고 뇌리로 올라와 퍼져 나간다.

하나 박살 난 입 때문에 그 비명마저 제 소리를 갖지 못하고 일그러져 나왔다.

자운이 운두로 그의 뺨을 후려쳤다.

"시끄러."

퍼억—

단번에 흰 이빨이 부러져 밖으로 빠져나왔다. 붉은 피와 침이 한데 섞여 바닥을 구르는 이빨의 모습은 과히 보기 좋지 않았다.

"아프지?"

자운이 염호명의 턱을 잡고 물었다. 두 팔과 다리가 부러지고 입마저 박살 난 염호명은 이미 사람이 아니다.

숨을 쉬고 있을 뿐 시체다. 말도 제대로 할 수 없고 변변찮은 반항도 할 수 없다.

"근데 내가 이렇게 안 했으면 우리 운산이랑 우천이가 많이 아팠겠지?"

밀려오는 엄청난 고통에 염호명이 실신한 듯 웃음을 터뜨렸다.

"킬킬킬킬킬킬킬."

평소 그의 웃음과는 전혀 다른 웃음. 미치광이가 흘리는 듯한 웃음소리가 을씨년스런 가운데 어둠 속으로 퍼져 나갔다.

자운이 물끄러미 그를 내려다보았다.

"왜 웃는 거지?"

그가 한참을 웃다가는 사레가 들렸는지 쿨럭거렸다.

"굴럭쿨럭! 퉤엣!"

염호명이 침을 뱉어놓는다. 침에는 피가 한 사발 섞여 나오고, 그가 잘 벼려진 칼날과 같이 날카로운 눈으로 자운을 노려보았다.

"할 말이 있으면 해. 다 못하고 죽으면 억울할 거 아냐."

말할 기운도 없어 보이는 염호명을 향해 자운이 이죽거렸다. 유언 정도는 들어줄 생각이 있었다. 그 유언을 귀담아듣거나 기억해 줄 생각은 전혀 없었지만 말이다.

그 말에 염호명이 다시 킬킬거리다가 말문을 열었다.

"아으어 어우어으어아으아느아느아!!!"

자운이 그의 뺨을 후려쳤다.

"뭐라는 거야, 이 미친놈아. 말을 할 거면 똑바로 해."

자운이 그의 뺨을 주먹으로 몇 대 더 후려쳤다. 그러자 이번에는 염호명의 입에서 그나마 알아들을 수 있을 법한 말이 흘러나온다

"킬킬킬. 이훼 끄치아고 항각하지 아라."

입이 박살 나 정확한 의미는 알 수 없었지만 대충 알아들을 수 있었다.

이게 끝이라고 생각하지 마라.

"……?"

마치 흑령문이 배후의 끝이 아니었다는 듯한 말이 아닌가. 그 말에 자운의 표정이 대번에 딱딱하게 굳었다.

"그게 무슨 말이지? 설마 죽기 직전에 농담 따먹기라도 할 생각이라면 집어치워."

자운이 콧방귀를 뀌었다.

"킬킬킬. 쿨럭! 미기 시르며 미지 마하. 무힘은 고 저장터호 벼한다"

믿기 싫으면 믿지 마라, 무림은 곧 전쟁터로 변한다.

자운이 다시 고개를 숙여 놈의 얼굴을 바라보았다. 죽어가는 중이라 생기가 전혀 없으나 눈빛은 흔들림이 없다.

"말해. 그게 무슨 말이지? 지금 말하면 목숨만은 살려주도록 하지."

"퉤!"

그가 자운의 얼굴로 피 섞인 침을 뱉었다. 자운이 끈적끈적하게 얼굴에 달라붙은 침을 닦아내고는 안색 하나 변하지 않은 얼굴로 매섭게 그를 노려본다.

염호명이 고개를 들어 하늘을 바라보았다. 죽음을 예감한 것인지 눈동자가 심하게 흔들리기 시작했다.

자운이 손을 뻗어 그의 턱을 움켜쥐었다.

그의 손에 힘이 가득 들어갔다.

우드득—

턱뼈가 틀어지는 소리가 났다. 자운이 숙였던 고개를 펴며 검을 들었다.

"말하지 않겠다는 거지?"

자운의 검이 월광을 갈랐다. 물결이 검에 갈라지듯 달빛이 산산이 부서져 내리고, 자운의 검이 허공에서 빠르게 내리꽂힌다.

쐐애애액—

"그럼 죽어."

푸욱 하는 소리와 함께 자운의 검이 염호명의 심장으로 박혀들었다.

검날을 타고 아직 죽지 않은 심장 박동이 전해져 왔다. 강기지경에 오를 정도로 강력한 내공 덕분에 간신히 살아 있긴 하나 심장에 검이 틀어박힌 이상 오래 살지는 못할 것이다.

길어야 반각.

자운이 검을 비틀었다.

"커헉!"

다 죽어가는 염호명의 입에서 피가 쏟아지며 신음성이 흘러나왔다.

죽음을 실감했다고는 하나 심장이 검으로 비틀어지는 고통은 적지 않았던 것.

죽어가는 와중에도 그는 자운이 과연 정파의 사람이 맞는가 의문이 들었다.

"자, 편하게 죽고 싶으면 말해. 네 뒤에 누가 있는 건지."

자운은 이백 년 전 전장을 경험한 적이 있다. 처절한 무림의 전장에서 그는 냉혹해졌고, 칼에 자비를 담지 않게 되었다. 황룡문을 위해서라면 지금과 같은 일을 수십 번이고 더 해줄 수 있다.

심장이 뒤틀어지는 고통을 참지 못한 염호명이 떨리는 입술을 열었다.

입술이 열리자 그의 입에서 피가 왈칵왈칵 흘러내린다.

"화, 화산흐로 카, 카라"

그 말을 끝으로 염호명의 고개가 거꾸러졌다. 고통을 이기지 못하고 숨이 끊어진 것이다.

하지만 자운의 시선은 이미 염호명을 떠나 있다. 그가 고개를 들어 하늘 높게 뜬 달을 바라보았다.

"화산이라……."

무슨 의미인지는 알 수 없으나, 한 가지 단어는 분명히 알아 들었다.

화산!!

자운이 허리춤의 검을 움켜쥐었다.

만약 누군가가 황룡문을 누르려 한다면 베어버릴 것이다.

천이든 만이든 지금 쥐고 있는 이 칼로 베어버릴 것이다.

그리고 이루어낼 것이다, 천하제일문이라는 스승과 대사

형의 꿈을.

검을 쥔 자운의 손 가득 힘이 들어갔다.

'필요하다면 화산을 뒤집어서라도.'

*　　*　　*

아침해는 여느 때와 다름없이 밝아왔다. 유난히도 길게만 느껴졌던 밤이 가고 해가 뜨며, 햇살이 길게 뻗쳤다.

긴 꼬리를 그리는 햇살이 산속 여기저기로 퍼져 나가고, 그 사이로 약초꾼 만씨가 산을 탔다.

본래 약초란 사람들이 잘 다니지 않는 길로 난다. 당연히 약초꾼이 다니는 길도 사람들이 잘 다니는 길일 리가 없었다. 그가 손을 이리저리 움직이며 길이 나 있지 않은 산을 타고 올랐다.

"오늘은 일진이 나쁜 건가."

산을 타던 만씨가 한숨을 토했다.

주변의 약초꾼들 사이에서 전해져 내려오는 미신 같은 이야기가 하나 있었는데, 그것은 바로 새벽 시간에 약초가 많이 발견된다는 것이었다.

딱히 뚜렷한 증거가 있는 것은 아니고 말 그대로 미신이었다. 하지만 이런 직업을 하고 있어서 그런지 그런 미신에도 민

감하게 마련이었고, 만씨는 항상 새벽에 일어나 산을 타며 생업을 하였다.

실제로도 그 미신 때문인지 새벽에는 하루에 발견하는 약초의 절반 이상을 채집하고 있다.

망태기의 절반 정도는 새벽에 채우는 것이다.

만씨가 고개를 돌려 자신의 망태기를 바라보았다. 고작 두 개, 주먹만 한 풀뿌리가 망태기 속에서 처량하게 자리 잡고 있다.

만씨는 다시 한 번 한숨을 쉬고는 능숙하게 주변을 타기 시작했다.

"어디 보자. 이쯤이면 약초가 있을 법한데……."

본래 가던 길에서 유난히도 약초가 보이지 않자 만씨는 방향을 틀었다. 약초도 캐지지 않으니 오늘은 새로운 노선을 하나 파볼까 했던 것이다.

산속에서 얼마나 몸을 움직였을까.

산행이 익숙한 만씨의 몸에서도 땀이 나기 시작했다.

해는 어느새 새벽을 넘어 아침이 끝나가고 있었고, 이제 그만 작업을 끝내고 내려가 오늘 캔 약초를 모두 정리해야 할 것이다.

노선을 바꾸고 나서야 약초를 몇 뿌리 더 캐었다. 평소 작업량에 비하면 반도 되지 않을 양이였으나 값이 나가는 약초가 하나 있었기에 하루 입에 풀칠은 할 수 있을 듯했다.

만씨가 허리를 쭈욱 폈다.

"후우. 우리 딸 노리개도 하나 해줘야 하는데."

얼마 전부터 몸 치장에 관심을 가지게 된 딸이 계속 노리개를 사달라고 조르는 중이었다. 하지만 오늘 이렇게 벌어서는 노리개는 당분간 무리일 듯하다.

허리를 핀 만씨의 콧가로 특이한 냄새가 풍긴다.

"이게 무슨 냄새지?"

만씨가 고개를 이리저리 흔들었다. 코를 킁킁거리며 냄새를 쫓는 만씨, 산의 흙 냄새에 섞여 비릿한 내음이 풍기고 있었다.

본래 비릿한 내음이라면 생선에서 나는 것이나 이곳은 산, 생선이 있을 리가 만무했다.

그렇다면 무엇일까?

만씨는 얼마 전 거래를 하는 의원에게서 들었던 희귀한 약초들에 관한 이야기를 떠올렸다.

그가 쾌재를 부르며 소리쳤다.

"옳거니! 비싼 약재 중 특이한 냄새를 풍기는 게 있다고 했지. 심봤구나!"

특이한 냄새가 나는 약초 중에는 부르는 게 값인 약초들도 있었고, 또한 그런 약초일수록 자기 보호를 위해 역한 냄새를 풍긴다는 말을 들은 것이다.

뭐라는 거야, 이 미친 놈이. 말을 할 거면 똑바로 해

그가 하늘을 향해 쾌재를 부르며 계속해서 냄새를 쫓았다. 이걸 찾으면 딸이 원하는 노리개 하나쯤은 사주고도 저녁상에 고기 반찬을 올릴 수 있을 것이다. 딸의 환한 미소와 고기 반찬을 떠올린 그는 지치는 줄도 모르고 산을 탔다.

한데 비릿한 냄새가 쫓을수록 역하게 변한다.

"킁킁. 도대체 무슨 약초이길래 이렇게 냄새가 역한 거지?"

그가 코를 찡긋거리며 수풀을 들쳤다.

"이거 시체 냄새 같기도 하······."

수풀을 넘긴 만씨의 몸이 그 자리에서 굳었다. 그가 거친 호흡을 몰아쉬었다.

"흐아······. 흐아······!"

눈앞에 벌어진 참상, 그것은 그야말로 지옥도였다.

한편의 지옥이 만씨의 눈앞에 펼쳐지고, 그 끔찍한 광경에 입이 굳고 다리가 얼었다.

공포심이 올라오면 뒷걸음질이라도 쳐야 하는 것인데, 수구의 시체가 나뒹굴고 있는 모습을 보자 그럴 공포심마저 얼어버렸다.

비명을 지를 입마저 움직이지 않는다.

그저 시체에 눈이 고정되어 한참을 헐떡일 뿐이었다.

얼마나 지났을까.

주춤거리던 그의 다리가 움직이기 시작한다.

조금씩 뒤로 걸어 내려가던 그가 튀어나온 나무뿌리에 걸려 넘어졌다.
쾅당탕-
그가 비탈을 굴렀다.
자리에서 벌떡 일어난 그가 비명을 지르며 산 아래로 달려 내려가기 시작했다.
"으아아아아아아악!!!"

* * *

유유히 황룡문으로 돌아온 자운을 맞은 것은 총관이었다.
총관이 자운의 앞으로 다가와 고개를 숙였다. 그리고는 자운의 주변을 살피기 시작한다. 자운이 상처라도 입었는지 살피는 것이다.
자신을 걱정해서 그러는 것이 아니라는 것쯤은 자운도 알고 있다.
'얼마든지 알아가 봐라.'
자운이 총관을 보며 고소를 지었다. 총관은 황룡문의 총관 일을 하고는 있으나 하오문의 사람이다. 자운의 무력이 얼마인지 파악해 하오문에 전하려 하는 것, 그럴 줄 알고 자운은 몸에 흙을 묻히고 일부러 옷을 찢었다.

뭐라는 거야, 이 미친 놈이. 말을 할 거면 똑바로 해

상처 입은 곳은 없으나 옷을 찢어 격전을 겪은 것처럼 만든 것이다.

금전을 녹이는 모습을 확인한 취록은 처음에는 당황했을 것이다. 하지만 냉정하게 생각해 본다면, 금전을 녹이는 것은 어디까지나 내력이 많은 것이지 무공이 뛰어난 것을 의미하지는 않는다.

내공이 무공의 경지와 관련이 있다고 하나 그것은 절대적인 것은 아니었다. 그랬기에 총관에게 자운의 정확한 무위를 알아오라 명한 것이다.

그리고 총관은, 자운의 생각대로 이 일을 그대로 하오문에 전할 것이다.

자운이 자신을 살피는 총관을 보며 피식하고 웃었다. 자운의 시선이 자신에게 향한다는 것을 느낀 총관이 황급하게 고개를 다시 숙였다.

"다녀오셨습니까, 문주님."

어디까지나 문주 대리지만, 호칭은 문주다.

그의 말에 자운이 고개를 끄덕였다.

"어. 밤새 쥐새끼처럼 숨어다녔더니 좀 피곤하네."

쥐새끼라는 말에 총관이 눈을 반짝였다. 자운이 기지개를 펴며 말했기 때문에, 총관은 자운이 무의식적으로 정보를 흘린 것으로 판단했다.

'정면으로 충돌한 게 아니라 암습으로 충돌했구나.'

반은 맞았고 반은 틀렸다. 정면 충돌도 있었고 암습도 있었지만, 모두 자운의 손바닥 위에서 벌어진 일이었다.

물론 총관 역시 자운의 손바닥 위에 있다.

자운이 피식 피식 웃으며 계속해서 기지개를 폈다.

"무탈하신 모습을 보니 다행입니다."

자운이 자신의 눈을 손가락으로 가리켰다. 눈 아래로 짙게 드리운 음영, 정말로 자운이 피곤한 듯 보인다.

"총관은 이게 무탈해 보이냐. 잠이 오잖아, 잠이."

그의 말에 총관이 웃었다.

"문주님 같은 고수가 하루 안 잔다고 해서 쓰러질 리가 없지요."

자운이 손을 흔들었다.

"헛소리 하지 말라 그래. 잠이 보약이라고. 영약이고 나발이고 다 필요없으니까, 난 지금 잠만 자면 돼."

그리고는 고개를 돌려 자신의 처소로 들어가 버렸다.

곧이어 자운의 처소에서는 벼락이 치는 듯 코 고는 소리가 흘러나왔다.

자운의 코 고는 소리가 일정하게 이어지자 총관은 황룡문에서 빠져나가 하오문으로 향했다.

정보를 전해주러 가는 것이다.

뭐라는 거야, 이 미친 놈이. 말을 할 거면 똑바로 해

기운으로 그것을 느끼고 있던 자운이 피식하고 웃었다.

'그래. 그렇게 해라. 나는 나를 숨길수록 너네를 이용해 먹는 기간이 길어지겠지.'

그것이 황룡문에 도움이 될 것이다. 하오문은 황룡문의 정보줄, 따로 정보 조직을 만든 후에도 이 줄은 요긴하게 쓰일 것이다.

자운이 침상에 머리를 묻었다.

이제 정말 조금······.

'자야겠다.'

*   *   *

차가운 바람이 불어오는 곳, 일 년이 눈으로 뒤덮인 곳, 북풍한설과 같이 매서운 바람이 불어와 사방 천지를 뒤덮고, 오로지 눈만이 가득 쌓인 곳, 중원에서는 그곳을 북해(北海)라 부른다.

과거에는 북해빙궁(北海氷宮)이라는 곳이 있어 성세를 이루었다고는 하나 그것은 예전의 일. 빙궁의 터에는 옛 성터만이 남아 쓸쓸하게 적막감을 만들고 있었다.

퍼석—

그리고 어느 순간, 그 적막을 깨는 소리가 들려왔다. 성터의 깊은 곳, 눈으로 볼 수 없는 지하에서 들려온 소리였으나, 주변이 너무도 적막했기에 그 소리는 또렷하게 들렸다.

퍼석— 퍼석—

계속해서 소리가 이어진다. 빙궁의 지하에서 무언가가 깨지고 있는 것이다.

얼마나 시간이 지났을까?

땅이 들썩이기 시작한다.

들썩들썩—

아래에서 무언가가 올라오려고 하는 것이다.

들썩임은 시간이 지날수록 강해졌고, 급기야는 땅이 조금씩 갈라지기에 이르렀다.

쩌저적—

그것은 지진이라고 부르기는 너무도 미약한 갈라짐이었으나, 땅이 갈라진다는 사실 하나만큼은 부인할 수 없을 것이다.

마침내 땅이 갈라지고, 빙궁의 터 한쪽이 그대로 땅속으로 꺼져 내렸다.

땅이 무너지며 그 속에 있던 공간으로 빨려들어 갔다. 얼음 알갱이가 폭음과 함께 일었다.

콰과과광—

성터가 무너져 내리며 만든 먼지가 시야를 가리고, 차가운 바람이 불어와 곧 먼지를 날려 보냈다.

뭐라는 거야, 이 미친 놈이. 말을 할 거면 똑바로 해

그리고 그 자리에는 눈처럼 하얀 나신의 여인이 서 있었다.
그녀가 주변을 둘러보며 천천히 중얼거린다.
"여긴… 어디지?"

『황룡난신』 제2권에 계속…

촌부 新무협 판타지 소설
FANTASTIC ORIENTAL HEROES

『우화등선』,『화공도담』의 뒤를 잇는 작가 촌부의 또 하나의 도가 무협!

무림맹주(武林盟主), 아미파(峨嵋派) 장문인(掌門人),
군문제일검(軍門第一劍), 남궁세가(南宮勢家)의 안주인.

그들을 키워낸 어머니-
진무신모(眞武神母) 유월향(柳月香)!

어느 날, 그녀가 실종되는데…….

"하, 할머니는 누구세요?"

무한삼진의 고아, 소량(少雨)에게 찾아온 기이한 인연.

세상과 함께 호흡을 나눌 수 있다면[天地同息]
천하의 이치를 모두 얻으리라[天下之理得]!

이제, 천하제일인과 그녀가 길러낸
마지막 자손의 이야기가 펼쳐진다!

Book Publishing CHUNGEORAM

WWW.chungeoram.com

SWORD SLAYER
소드 슬레이어

류연 판타지 장편 소설

FANTASY FRONTIER SPIRIT

그날로 돌아간 그 순간부터 입버릇처럼 붙은 한마디.
"생각해라, 아서 란펠지."

귀족 반란에 휘말린 채 죽어야 했던 기사, 아서 란펠지.
600년 전 마룡 카브라로 인해 봉인당한 세 용사의 영혼.
버려진 이름없는 신전에서 그들이 만났을 때
운명은 또 다른 전설의 서막을 알렸다!

소드 슬레이어!

힘없이 죽어간 모든 인연들을 위하여
무력하고 허망했던 어제를 딛고
멈추지 않는 오늘을 달려 내일을 잡아라!

위선에 가득찬 검들을 향해
여섯 번째 마나 소드, 에스카룬의 검이 질주한다!

Book Publishing CHUNGEORAM

WWW.chungeoram.com

홀로선별 판타지 장편.소설

DEMON
FANTASY FRONTIER SPIRIT

제일좌

BLOOD

**성마대전, 그로부터 20년…
암흑은 스러지고 빛이 찾아왔다.
세상은… 그렇게 평화로워질 것만 같았다.**

전설의 블랙 울프를 다루는 영악한 소년 마로.
하루하루 강도 높은 훈련을 받으며
숙원의 500골드를 달성한 그날!
세상은, 신성(新星)을 맞이한다!

『기적』의 뒤를 잇는
홀로선별 작가의 또다른 이야기
『제일좌』

**어둠을 뚫고 솟을 빛이여,
하늘의 제일좌가 되어라!**

Book Publishing CHUNGEORAM

유행이 아닌 자유추구 -
WWW.chungeoram.com

2011년 대미를 장식할
준.비.된. 작가 정민교의 신무협이 온다!
『낭인무사(浪人武士)』

"죄수 번호 사천이백삼, 담운!"
"……!"
"출옥이다."

만두 하나.
고작 그 하나에 이십 년 옥살이를 한 소년, 담운.
그 답답하고 억울한 마음을 풀어낸다!

무림맹! 구대문파! 명문세가!
겉만 번지르르한 놈들은 다 사라져라!
겉과 속이 다른 너희들을 심판하러 내가 왔다!

Book Publishing CHUNGEORAM

 유행이 아닌 자유추구 ~
WWW.chungeoram.com